韓國의 漢詩 15

石北 申光洙 詩選

한국의 한시 15

석북 신광수 시선

허경진 옮김

평민사

석북 신광수는 35살 때 한성 과거 시험장에서 지은 〈관산
융마(關山戎馬)〉로 평양 기생에까지 잘 알려진 시인이었지만,
정작 그 시의 도움을 받지 못한 편이었다.

50살에야 비로소 영릉 참봉이 되었고, 환갑 때까지 급제하
지 못한 노인들끼리 모아서 특별히 응시하게 해 준 기로과(耆
老科)에 가서야 61살로 급제하였다.

석북의 시에 대하여 그의 아우 신광하는 "형님의 시는 오
로지 두보를 숭상하였고, 이따금 왕유와 맹호연의 경지에 드
나들었다"고 평하였다.

세상에서는 또한 동방의 백낙천이라고 부르기도 하였다.

그가 살았던 시기는 실학시대였는데, 그의 시는 고문파에
서 실학파로 옮아오는 가교 역할을 하였다.

그의 문집은 16권 8책인데, 권1부터 권10까지는 시이고,
나머지 6권은 문이다. 권2에는 〈서관록(西關錄)〉, 권5·6에는
〈여강록(驪江錄)〉, 권7에는 〈탐라록(耽羅錄)〉이라는 제목이 붙
어 있다.

그 외에 〈금마별가(金馬別歌)〉〈관서악부(關西樂府)〉 등의 연
작들이 있다. 이 시선에서도 그 제목 그대로 편을 나누었다.
대본으로는 석북의 5대손인 신관휴(申觀休)가 1906년에 출간
한 《석북집》을 썼으며, 한국한문학연구회에서 1975년에 편

집한《숭문연방집(崇文聯芳集)》본의 창작 연도에 따라 시대순으로 시를 배열하려고 하였다.

그러나 이 창작 연도가 완전하지는 않은 것 같다.

번역본으로는 7세손인 신석초 선생이 초역한《석북시집》이 1973년 대양서적에서 나왔었다.

18년 전 고급한문 시간에 연민 선생님으로부터 〈관산융마〉를 배우고 억지로 외우면서 석북의 시에 다가선 셈인데, 이제 그 빚을 갚게 되어 기쁘다.

1989.06.25.
허경진진

차례

과거 시장에 다섯 아들을 보내고

1743~1773

그의 일생은 과거에 얽혀 보낸 셈이다. 35살 때 한성시에서 〈관산융마〉로 2등을 하고 그 시가 널리 알려졌지만, 39살 때에야 겨우 진사시에 올랐을 뿐이다. 46살 때까지 과거에 응시하다가 "그대 글이 너무 높으니 수준을 좀 낮추면 어떠냐"는 말을 듣고 그 뒤부터 과장(科場)에 들어가지 않았다.

과거에 맺힌 그의 한은 1758년에 다섯 아들을 과거 시장에 보내고 지은 시에 잘 나타난다. 큰아들이 과거를 보기 시작할 때부터 다섯째 아들이 과거에 나아갈 때까지, 그의 다섯 아들은 계속 떨어지기만 했던 것이다.

그가 벼슬을 얻기 이전인 1758년까지의 시들을 주로 모았고, 다른 편에 끼워 넣을 수 없는 후기의 시 3편을 덧붙였다.

石北
申光洙

일찍이 복사꽃 심지 않았으니

幽居 1743

골짜기 마을은 첫여름이 좋아
낭랑한 꾀꼴새 소리를 들을 수 있네.
푸른 숲은 언제나 비올 듯하고
조촐한 방 네 벽은 구름에 잠겼어라.
차츰 농사철로 접어들며
아이들의 글도 새롭게 이루어지네.
내가 일찍이 복사꽃 심지 않았으니[1]
인간세계 멀리하지 않으려 해서라네.

谷口宜初夏、　　嚶嚶黃鳥聞。
靑林常欲雨、　　素壁不勝雲。
漸就桑麻事、　　新成子弟文。
桃花曾不種、　　非是絶人群。

------

1) 도연명의 〈도화원기(桃花源記)〉 이래로 복사꽃은 현실을 피해 달아난 은
사들의 별세계를 뜻하였다. 이 시에서는 현실을 도피하지 않겠다는 뜻
이다.

시골 늙은이
野老 1743

시골 늙은이들 때때로 만났다간
울타리 앞에서 헤어지고 돌아오네.
글 읽는 사이 솔방울은 떨어지고
병으로 누워 있는 사이 국화까지 피었구나.
소부와 허유는 높은 선비가 아니라서
순임금은 기(夔)와[1] 같은 준재를 얻었는데,
썩은 선비는 할 일이 하나 없으니
어느새 밭갈이로 십 년이 되었구나.

野老時相見、　　籬前送始回。
讀書松子落、　　多病菊花開。
巢許非高士、　　夔龍接儁才。
腐儒無一事、　　耕鑿十年來。

■
1)《한비자(韓非子)》〈외저설 좌하(外儲說左下)〉에 이 이야기가 나온다. "애
　공(哀公)이 공자(孔子)에게 묻기를 '내가 들으니 요(堯)임금의 신하 기
　(夔)는 외다리였다고 하는데, 참말입니까?' 하자, 공자가 이렇게 대답하였
　다. '기(夔)도 사람인데 어찌 다리가 하나뿐이겠습니까. 그도 다른 사람과
　다를 것이 없으나, 음악에 대해서만은 통달했기 때문에 요임금이 「기 하
　나면 충분하다[夔一而足矣]」고 하여 악정(樂正)으로 임명했던 것입니다.
　군자들이 잘못 알아 듣고 「기는 다리가 하나다.」라고 한 것일 뿐, 사실은
　외다리가 아닙니다.' 하였다." 이후에 유능한 인물이 하나만 있어도 모든
　일이 잘 처리될 수 있다는 뜻으로 쓰였다.

귀먹은 벙어리 거지에게

贈聾啞丐者 1744

태백산 속으로 집을 옮겼다더니,
이따금 말 타고 인간세상에 내려오네.
이십 년 지나도록 말 한마디 없이
뜬 세상 지는 꽃만 웃으며 바라보네.*

聞道移家太白山。　　有時騎馬到人間。
二十年來無一語、　　笑看浮世落花間。

---

* 칠언절구에서 같은 운자(韻字)를 두 번 쓸 수 없으니, 마지막 간(間)자를
마땅히 한(閒)자로 써야 할 것이다. 그러면 '한가롭게 웃으며 바라보네'라
고 번역된다.

태백산인에게

白門旅舍贈太白山人 1744

1.

내 그대 따라 태백산으로 가서
내내 솔잎이나 먹으며 구름 속에 눕고 싶지만
백 년 지나도 티끌세상 일을 마치지 못해
말 타고 남쪽으로 갔다가 다시 북쪽으로 돌아간다네.

我欲從君太白山。　　長餐松葉卧雲間。
百年未了紅塵事、　　馬上南征復北還。

3.

그 옛날 바람같이 살았던 여동빈은[1]
하루아침에 학 타고 티끌세상 떠났었지.

---

1) 당나라 때의 도사. 이름은 암(嵒 또는 巖)이고, 동빈은 그의 자이다. 호는
순양자(純陽子)이다. 회창(會昌: 武宗의 연호, 841~846) 연간에 두 차례
나 과거를 보았지만, 급제하지 못하였다. 나이가 이미 예순넷이나 되자
산천을 떠돌아다니며 노닐다가, 도사 종리권(鍾離權)을 만나 연명술(延命
術)을 배웠다. 처음엔 종남산에 머물렀는데, 나중에 종리권이 또 그를 데
리고 학령(鶴嶺)으로 가서 상진(上眞)의 비결(祕訣)을 가르쳐 주었다. 그
가 도를 깨우친 뒤에 여러 산천을 돌아다녔지만, 아무도 그를 알아보지
못하였다. 스스로 회도인(回道人)이라 일컬었는데, 세상 사람들은 그를
팔선(八仙) 가운데 하나로 꼽았다. 그를 여조(呂祖)라고 불렀으며, 또는
원봉순양연정경화존우제군(元封純陽演政警化尊佑帝君)이라고도 불렀다.
                                                                    ―《송사(宋史)》 권457

석북 신거사를 그대 보게나,
아직도 서울 바닥에서 빌어먹는 나그네라네.

千古飄飄呂洞賓。　　　一朝騎鶴去紅塵。
君看石北申居士、　　　猶是京華旅食人。

술까지 살 수 없다니

失沽 1747

지리한 비 속에 병이 더해 가건만
가난한 마을에선 술까지 살 수 없다네.
관청에서도 참으로 금한 적이 있기에
종놈은 자꾸만 없다고 말하네.
나 혼자 푸른산 가까이 앉았노라니
흰 황새 바라보며 서로 외로워라.
들사람이란 형편 따라 살아야 하는 법,
조촐하게 앉아 나의 글을 읽어 보네.

久雨人添病、　　貧村酒失沽。
官家眞有禁、　　奴婢屢傳無。
獨坐靑山近、　　相望白鸛孤。
野夫隨事適、　　瀟灑看吾書。

큰물이 휩쓸고 지나가자

暴注 1747

1.

끝없는 유월 비에
온 골짜기 초가집들이 흔들리네.
땅을 휩쓸어 모두 빈 주춧돌만 남고
강물이 넘쳐 벌써 마을을 덮쳤네.
농가에선 들판 따라 통곡소리 일어나고
울타리 가득 바람새가 울어 대네.
누런 흙탕물이 마침내 빠져나가자
아무런 흔적도 보이지 않네.

無端六月雨、　　萬壑動柴門。
吹地全空石、　　犇江已滅村。
農家連野哭、　　風雀滿籬喧。
黃潦終朝盡、　　由來不見痕。

돛을 올리고 자네는 멀어지건만

別景休 1748

1.

돛을 올리고 자네는 벌써 멀어지건만
말머리를 돌리고도 나는 아직 머뭇거리네.
넓은 들판으로 은하수는 떨어지고
차가운 다리 아래 나무는 안개에 덮였는데,
가을 소리가 물에 다가설수록 들리니
헤어지는 시름도 배 속에서는 알겠지.
내일 두릉에서 시를 지으면
그 누구에게 부치려나.

掛帆君已遠、　　回馬我猶遲。
野曠星河落、　　橋寒霧樹垂。
秋聲臨水動、　　別意在船知。
來日杜陵下、　　詩成欲寄誰。

＊ 목판본에는 이 시의 제목이 〈歸自邊山奉寄杜陵李使君叔·其二〉라고 되어
  있어 외삼촌 이제암에게 바친 시처럼 되어 있지만, 원본에는 〈別景休·其
  一〉로 되어 밝혀져 그의 아들인 외사촌 이우경과 헤어지며 지어준 시임
  을 알 수 있다. 첫 구에 군(君)이란 칭호를 쓴 것만 보아도, 이우경에게 보
  낸 시가 분명하다.

장사꾼으로 나선 권국진을 보내며

送權國珍歌 1748

하늘에는 진눈깨비 내리고 섣달이라 바람까지도 찬데,
산길 돌다리와 들판 주막엔 다니는 사람조차 끊겨졌구나.
장안의 도련님네들이야 털가죽옷 두껍게 껴입고,
화로가 벌건 방에서 덥다고 투덜거릴 테지.
나들이하는 말은 단말마라서 집채보다도 높은데
은장식 말안장이 거리를 비쳐 번갯빛처럼 눈을 이끈다네.
이때 권서방 자네는 떨어진 갓에다 헤어진 옷 입었으니,
조랑말에 종 하나 갈기갈기 찢어진 헌 채찍 뿐일세.
남쪽 지방의 수령들을 찾아간다고 나에게 알리러 왔다며,
노비를 속량해 받은 몇 푼돈으로 포물을 한 짐 사왔구려.
권서방 자네는 예전에는 재상집의 자제라서,
젊었을 땐 뛰어났기에 준일하다고 불리웠었지.
아아! 때를 못 만나 제 한 몸 어쩔 수 없었으니
나이 스물에 드디어 뜻을 못 펴고 파묻혔구려.
다섯 해 동안 이리저리 남쪽 바닷가를 떠돌며,
생선도 팔고 소금도 팔아 양친 모시기에 애썼지.
말을 몰아 평안도로 또 중국까지
배를 띄워 동래로 또 일본 땅까지,
때때로 강호에서 장사꾼을 만나면
반쯤은 너 나 하며 무릎을 맞대었지.
이제 그대 나이 서른이지만

사나이의 살림살이 갈수록 어려워져
부모는 굶주리고 처자는 우니
양반으로 태어난 게 무슨 쓸모 있겠나.
궁한 길에 넋 없이 동남쪽 바라보며 떠나니,
문을 나서면 차가운 햇빛이 나그네 옷깃을 비추리라.
새재 지나면 섬강이 있어 험한 길은 끝이 없는데,
호랑이와 강도들은 대낮에도 덤빈다네.
권서방이여! 눈앞엔 끝없는 바다
말 머리 위론 기러기가 나는데,
돈을 벌고 못 버는 것 어찌 말할 수 있으랴.
모르는 이는 웃지만 그댈 아는 내 마음 슬프기만 하구나.
권서방이여! 섣달그믐에 정말 어디로 가려는가.

歲暮北風天雨雪。　　山橋野店行人絶。
長安子弟身重裘、　　洪爐密室苦稱熱。
出入猲馬高於屋、　　銀鞍照市電光掣。
此時權生破衣裳、　　一馬一奴鞭百折。
告我將見南諸侯、　　贖奴持錢償逋物。
權生舊日卿相孫、　　少年落落稱俊逸。
嗚呼時命不謀身.　　二十遂爲落魄人。
五年流離南海上、　　賣魚販塩勤養親。

驅馬西關蹋黃塵、掛席東萊窺赤日。
江湖沽客有時逢、半是爾汝相促膝。
秖今年紀三十餘、男兒生理轉蕭瑟。
父母不飽妻子啼、生乎雖賢亦奚爲。
窮塗惘然東南行、出門寒日照征衣。
鳥嶺蟾江路不盡、虎豹強盜晝敢窺。
權生咫尺視四海、馬上冥冥鴻鵠飛。
黃金得失那可論、不知者笑知者悲。
權生歲暮欲何之。

한벽당에서
寒碧堂十二曲 1749

1.

오늘은 머물지 않고 내일이 오네.
내일이 또 가면 꽃만 땅에 가득해라.
인생이 그 얼마던가, 백 년도 채 못 되니
한벽당¹⁾ 안에서 날마다 취하리라.

今日不留來日至。　　來日又去花滿地。
人生幾何非百年、　　寒碧堂中每日醉。

7.

한벽당 밤잔치 끝나고 돌아오니
송도 장사꾼이 와 기다린 지 오랠세.
사또께선 또 입직하라고 성화여서
돌아서서 등불 밑에 옷을 갈아입네.

寒碧堂中夜宴歸。　　松都估客到多時。
又被案前催入直、　　背人燈下著羅衣。

■

1) 한벽당은 전주에 있는 정자인데, 지방 관리들이 자주 잔치하였다.

9.

스무 살 사또 손님은 얼굴이 백옥 같아라.
은비녀 뺏어들고 짓궂게 장난치네.
한벽당 속에서 돌아갈 줄도 모르고
달 밝은 이 밤을 이대로 잠들자네.

二十銜客面如玉。　　奪取銀釵多戲劇。
寒碧堂中不肯歸、　　滿堂明月要人宿。

청주성이 무너지던 그날

往年 1749

이곳엔 새로운 귀신들 많아
길 가던 사람들이 그날 이야길 물어보네.
역적들 들이닥친 비바람 부던 밤에
잔치에 끌려나간 기생까지 울었었지.[1]
그날의 살벌한 기운 이제 어찌 있으랴?
봄날의 농사꾼들은 저마다 편안해라.
엄중한 성문만 아직도 일찍 닫아
난리 이전의 모습 같지 않아라.

此地多新鬼、　　行人問往年。
賊來風雨夕、　　妓泣綺羅筵。
戰氣今何有、　　春農稍自便。
嚴城猶早閉、　　不似亂離前。

---

* 영조(英祖)의 즉위와 함께 노론이 집권하자, 1728년에 이인좌(李麟佐)·
  정희량(鄭希良) 등이 밀풍군(密豊君) 탄(坦)을 추대하고 반란을 일으켰
  다. "경종이 억울하게 죽었다" "영조는 숙종의 왕자가 아니므로 경종의
  원수를 갚고, 소현세자의 적파손인 밀풍군을 세워 왕통을 바로잡자"는 명
  분으로 거사하였는데, 가장 먼저 청주성을 함락시켰다.
1) 역적들이 청주성에 들어오던 날, 잔치자리에서 눈물 흘린 기생이 있었다.
   (원주)

인심 좋은 집에서 묵고

莫投靖安 1749

눈 흩날리는 산속의 저녁 쓸쓸한데
나그네는 새와 함께 돌아가네.
얼어붙은 시냇물은 구불구불 꺾어졌고
묵은 나무는 가지 끝이 어렴풋해라.
시골집들은 가을 세금 다 걷어가
저녁 밥상에 반찬이 드물건만,
주인 늙은이 인심이 자못 좋아서
지팡이 짚고 사립문까지 배웅하네.

山雪蕭條夕、　　行人與鳥歸。
寒溪頻曲折、　　古木稍依俙。
村戶秋租盡、　　盤餐夜哜稀。
主翁頗好意、　　扶杖送柴扉。

귀신사 불탑에서 죽은 벗의 이름을 보고

歸信寺佛塔有尹君悅新恩題名感念存亡而作
1749

1.

금산사 이르던 길에
죽은 벗의 이름부터 먼저 보았네.
십 년 만에 변한 것들을 슬퍼하노니
한 평생은 만리길 아득하여라.
뜬 세상 끝까지 살아야 무슨 일 하랴.
그대 이 고을에 사또로 와 있었지.
묵은 세월 가엾기만 해
인정 느껴움을 어쩔 수 없어라.

未到金山寺、　　先看亡友名。
十年悲異物、　　萬里若平生。
浮世終何事、　　新恩有此行。
最憐陳日月、　　不免感人情。

2.

종소리 속에 빈 절간은 열렸는데
먼지 속에 옛 벗의 이름 슬퍼라.
우주 안에 나는 살고 그대만 죽어
병진년[1] 봄날에 지은 시만 남았네.
찬비 내려 스님은 나그넬 붙드는데
뜬 구름 탑엔 신이 있는 듯해라.
푸른 산으로 말 타고 가노라니
눈에 비쳐드는 풀꽃이 싱그러워라.

鍾磬開虛殿、　　塵埃悲故人。
存亡宇宙內、　　筆硯丙辰春。
寒雨僧留客、　　浮雲塔有神。
靑山騎馬去、　　照眼草花新。

■
* 윤군열(尹君悅, 1708-1740)은 윤용(尹熔)으로, 군열은 그의 자다. 귀신
사는 금산사 옆에 있는 조그만 절인데, 윤용이 1735년 진사에 합격하고
이곳 사또로 와 있었다. 글씨와 그림이 뛰어났는데, 서른 남짓에 요절하
였다.
1) 병진년은 1736년이니, 윤용이 세상을 떠나기 전에 마지막 만나서 시를
지었던 듯하다.

서른아홉 살 신진사를
馬上戲述行者言 1750

복사꽃은 취한 듯 버들은 조는 듯,
쌍젓대 소리는 봄바람 받으며 말 앞에 흐르네.
서른아홉 살 난 신진사를
길 가는 사람이 가리키며 이 이가 신선이라고 하는구나.

桃花如醉柳如眠、　　雙笛春風出馬前。
三十九年申進士、　　行人却說是神仙。

---

* 그는 서른다섯 살 되던 1746년에 〈등악양루탄관산융마(登岳陽樓歎關山戎馬)〉라는 행시를 지어서 한성시에 2등으로 급제하고, 서른아홉 살 되던 1750년에야 비로소 진사에 올랐다. 그는 급제자의 관례대로 유가(遊街)하면서, 말 위에서 이 시를 읊었다.

시인은 늙기 쉽고

東郡 1751

시인은 원래 늙기 쉽고
지사는 일마다 슬픔이 많아라.
나그네 길은 언제나 끝나려는지
공명을 이룰는지도 아직 알 수 없어라.
동쪽 고을이라 국화도 일찍 피었고
가을이라 큰 강물 더디 흐르건만,
눈에 가득 이 모두 내 땅은 아니거니
앞길을 한번 물어서 가네.

詩人元易老、　　志士每多悲。
行役何時已、　　功名未可知。
菊花東郡早、　　秋日大江遲。
滿目非吾土、　　前途一問之。

그대 초당은 언제나 조용했지

寄李彛甫 1751

3.

날 새면 성 안은 수레 소리에 티끌 날렸지만
그대 초당은 낮에도 언제나 조용했지.
집이 가난해도 술을 사다 손님을 맞이하고
꽃 피면 말을 빌려 혼자서도 산놀이를 했지.
병 가운데 헤어지자 봄이 벌써 저물어
강남으로 외롭게 시 읊으며 내 돌아가네.
한양땅 사백 리를 서쪽으로 바라보니
그대 웃는 얼굴을 언제 또 만나 보랴.

日出車馬城塵間。　　愛爾草堂晝常閑。
家貧買酒尙待客、　　花發借馬獨遊山。
病中相別春已暮、　　江南孤吟人始還。
西望漢陽四百里、　　與君安得更笑顔。

---

* 이보(彛甫)는 이병연(李秉延)의 자인데, 호는 행하(杏下)이다.

다시 만날 날이 멀지는 않겠지만

別景休 1751

이경휴는 내 사랑하는 아우
나이가 어리지만 시를 잘 하네.
장안 빗속에 가을이 다 가는데
너도 내포¹⁾로 돌아가는구나.
다시 만날 날이 멀지는 않겠지만
오늘 밤만은 더디 새고 싶어라.
너의 시 천수를 얻어
맑은 물가에 앉아 조용히 읽고파라.

李生吾愛弟、　　年少又能詩。
秋盡長安雨、　　人歸內浦時。
後期知不遠、　　今夜欲偏遲。
待爾携千首、　　滄浪細讀之。

■
1) 내포(內浦)는 '바닷물이 육지 깊숙이까지 들어와서 이 수로를 따라 포구
가 발달된 지역'을 뜻하는데, 산이 별로 없이 구릉이 많고, 들이 넓게 펼쳐
져 있는 지리적 특성이 있다. 이중환(李重煥)의 《택리지(擇里志)》에 따르
면 현재 충청남도의 홍성, 태안, 서산, 당진, 보령, 아산의 일부 지역이 여
기에 속한다.

점을 쳐 보고
設卜 1752

성긴 발 아래에서 점괘를 풀어 보니
분향 피어오르는데 가는 빗소리 들리네.
이 모두 병 많은 탓으로 하는 짓이지
궁하고 통함을 물으려는 것은 아닐세.
입고 먹는 것이야 오히려 풍년에 들었고
시 짓기와 글 읽기도 다행히 옛스러우니,
지나 온 나날들 스스로 생각해 봐도
마흔에 이르도록 남들과 같구나.

開卦疎簾下、　　焚香小雨中。
總緣多疾病、　　非欲問窮通。
衣食猶豐歳、　　詩書幸古風。
行藏元自卜、　　四十衆人同。

서천으로 이사 간 아우에게

寄仲弟光淵西林新寓 1752

짐을 옮겨 바닷가 나그네 되었다니
농사는 요즘 어떠한가.
봄철이라 방죽엔 새 물을 대겠고
맑은 강에선 커다란 고기를 잡겠구나.
생계를 꾸려 나갈 생각이 너무 늦어서
세상 사람더러 물어도 가르쳐 주질 않을 테지.
우리 도(道)는 문장에 있는 법인데
글 읽기를 쉬었다간 아주 버려질 거야.

移家滄海客、　　農事近何如。
春堰通新水、　　晴江捕大魚。
營生謀亦晚、　　問俗語應疎。
吾道文章在、　　休仍廢讀書。

* 서림(西林)은 충청남도 서천군의 옛이름이다. 신라시대에는 서림군,
  고려시대에는 서림현이었는데, 조선 태종 13년(1413)에 서천군으로
  고쳤다.

아우가 보령에서 왔기에 밤새 앉아 이야기하다

文初光河至自保寧夜坐話詩 1752

형제가 만나던 가을날
강산엔 여름 구름이 덮였네.
백 리가 멀다는 걸 이제야 알겠으니
일 년이나 나뉘어 있었던 것 같아라.
마주 앉으니 오동잎이 떨어지고
시를 이야기하자 귀뚜라미 울음 들리네.
이웃 아이들은 더욱 즐거워
글자를 물으러 날마다 모여드네.

兄弟逢秋日、　　江山積夏雲。
方知百里遠、　　如作一年分。
對坐梧桐落、　　談詩蟋蟀聞。
隣童更喜事、　　問字日成羣。

∎
* 문초(文初)는 신광수의 작은동생인 신광하(申光河, 1729-1796)의 자이
  며, 호는 진택(震澤)이다. 1756년에 진사시에 2등 10인으로 합격하고,
  1792년 식년 문과에 급제하였다. 벼슬은 첨지중추부사(僉知中樞府事)와
  좌승지 등을 역임하였으며, 신광수가 세상을 떠난 뒤에 〈곡석북선생(哭石
  北先生)〉 100수와 형의 행장(行狀)을 지었다.

봄 한나절

晝日 1752

봄날 한나절 산집은 고요해
꽃잎 떨어지자 사방에 가득 흩날리네.
보슬비 속에 어미닭은 병아릴 품고
울타리 아래선 개가 사람을 보고 짖네.
산마을 풍속은 옛 그대로이고
농부의 마음도 가난하지 않아라.
욕심도 이젠 스러졌거니,
녹문산¹⁾ 봄날 고즈넉이 사노라네.

晝日茅茨靜、　　飛花滿四隣。
雨中鷄抱子、　　籬下犬嘷人。
山邑俗還古、　　田家道不貧。
機心吾已息、　　生事鹿門春。

■
1) 호북성 양양현 동남쪽에 있는 산. 한나라 말기에 방덕공(龐德公)이 약
   초를 캐러 녹문산에 들어갔다가 돌아오지 않았고, 당나라 때에는 맹호
   연이 또한 이곳에 들어가 숨어살았다. 이 시에서도 숨어사는 곳을 뜻
   한다.

37

난 그대에게 부끄러워

題李山人幽居 1752

처사가 외진 곳에 띠집을 짓고
산속에 사는 것이 소문 그대롤세.
봄 울타리엔 대홈통을 대어 샘물을 끌어들이고
아침 문 앞길에는 솔구름이 깔렸네.
착한 머슴은 부지런히 일하고
어린아이는 벌써 글을 외는구나.
백년 인생이 이걸로 넉넉하니
난 그대에게 참으로 부끄러워라.

處士誅茅僻、　　山居愜所聞。
春籬通筧溜、　　朝徑布松雲。
好僕能勤力、　　痴兒已誦文。
百年如此足、　　多事愧吾君。

아이가 그린 그림에다

題兒畵 1752

남산의 날씨 가을빛인데
우연히도 동쪽 울타리에 가까워라.
도연명처럼 일 없는 사람이
저녁나절 멀리 바라보네.
피차 무슨 말을 하랴,
고요한 자는 마음으로 아는 거지.

南山日秋色、　　偶然近東籬。
淵明無事人、　　嚮夕遠望之。
彼此何所言、　　靜者心自知。

밤이 깊어
夜深 1752

사방에 가을 소리 들리는 밤,
어디서 온 달이 저리도 어여쁜가.
조용히 고개 나무 위에 올라
아득한 강물 배 위를 지나네.
흐르는 강물에는 외로운 거문고 소리
사립문 앞에는 백발의 신세.
아우와 아이는 모두 배 타고 떠나
저들끼리 서글프게 서천에 있네.

四面秋聲夜、　　何來月可憐。
從容登嶺樹、　　莽蒼過江船。
流水孤琴外、　　柴門白髮前。
弟兒俱宛轉、　　怊悵在西川。

시인

詩人 1752

골짜기에는 복사꽃이 피었고
남쪽 이웃집도 눈에 환해라.
시인은 마음 내키는 대로 다니고
봄새는 철맞아 우네.
세상 길은 해마다 달라지고
하늘의 기미도 날마다 바뀌어지니,
저녁바람에 흰 머리 흩날리며
시냇가에서 마음 가누질 못하겠네.

谷口桃花發、　　南隣照眼明。
詩人隨意往、　　春鳥得時鳴。
世路年年改、　　天機日日生。
晚風吹白髮、　　川上不勝情。

경휴에게
寄景休 1752

4.

내 나이 벌써 마흔이 되었는데
바닷가에서 농사만 짓고 있구나.
세상길은 갈수록 더 두렵고
시인의 집은 늙을수록 더 가난해지네.
흐르는 물 따라 뜻도 더욱 멀건만
꽃이 피면 남은 봄날이 한스러워라.
어느 때나 푸른 눈으로 벗을 반겨[1]
고요한 물가에서 맘 놓고 읊어 볼까.

吾年初四十、　　海岸作農人。
世路行逾畏、　　詩家老益貧。
水流同遠意、　　花發恨餘春。
靑眼開何日、　　長吟寂寞濱。

■
1) 진(晉)나라 때에 죽림칠현 가운데 한 사람이었던 완적이 상을 당하였는
데, 명사인 혜희가 찾아와 문상하자 흰 눈으로 쳐다보았다. 혜희가 화를
내고 돌아간 뒤에 그의 아우인 혜강이 술과 거문고를 가지고 찾아오자 검
은 눈으로 맞아들였다. 원문의 청안(靑眼)은 흰자위가 드러나게 바라보는
백안시와는 반대로, 검은 눈으로 반갑게 맞아들인 것이다.

아우는 외가에 얹혀 살고

寄文初 1762

1.

사랑하는 아우는 어머님을 따라서
외가에 얹혀 살 때가 많구나.
흰 구름도 외롭게 절로 떠가는데
꽃다운 풀이 다하면 어이하려나.
헤어져 있으면 시 생각이 줄어듦을 알지니
병 속에서 봄날 지나가는 것까지 애달파라.
너도 또한 날 생각하는 줄 알고 있으니
그윽한 꿈 속에서 너를 만나리라.

愛弟隨慈母、　　外家爲客多。
白雲孤自去、　　芳草歇如何。
別覺詩情損、　　病憐春色過。
亦知君念我、　　幽夢到中阿。

돌아오는 길에 취해서

孫庄歸路醉吟 1753

늙은 소나무 아래 취해 누웠다가
하늘의 구름을 올려다보았네.
산바람에 솔방을 떨어지기에
하나하나 가을 소리를 들었네.

醉臥古松下、　　仰看天上雲。
山風松子落、　　一一秋聲聞。

천보산 스님과 헤어지며
別天寶山僧 1753

천보산[1] 봉우리에 구름이 있어
저절로 생겼다가 저절로 스러지네.
서쪽에서 온 뜻을 물으려 해도
우리 스님은 말할 수 없으시다네.

天寶峰頭雲、　　自生還自滅。
欲問西來意、　　吾師無可說。

---

1) 천보산은 경기도의 의정부, 양주, 포천에 걸쳐 있는 산으로, 조선전기 최
   대 사찰인 회암사(檜巖寺)가 있었다.

가족을 이끌고 고향으로 돌아가는 벗에게

別孺直盡室歸坡山 1753

3.

자네가 내 소설 《마생전》을 읽고
내 문장이 기이하다고 칭찬하였지.
내가 말한 천고의 뜻을
오직 자네 한 사람만이 알았지.
밤 술자리에 긴 이야기도 없어
가을바람에 그대를 보내며 헤어지네.
날이 밝는 아침에 보검을 풀어 줄 테니
갈림길에 서서 각기 하늘 끝으로 가세.

君讀馬生傳、　　文章歎我奇。
敢爲千古意、　　猶有一人知。
夜酒無長語、　　秋風送別時。
明朝解寶劍、　　岐路各天涯。

■
＊ 유직(孺直)은 권성(權偍)의 자다. 그가 가족을 데리고 고향 파주로 돌아갈
　때에 신광수가 시 5수를 지어 주었다.

땔나무 하는 계집종

採薪行 1753

가난한 집 계집종이 두 다리 벌겋게 드러내고
산에 올라 땔나무를 하는데 자갈이 많기도 해라.
돌부리에 다리를 다쳐 종아리에 피가 흐르는데,
땅속에 박힌 나무 뿌리에 그만 낫까지 부러졌구나.
다리를 다쳐 피나는 것쯤이야 아플 것도 없다지만,
다만 낫이 부러져 마님께서 성내실까 겁내네.
날도 저물어 나무 한 다발 머리에 이고 돌아왔지만,
겨우 세 홉 조반으로는 요기도 안 되는구나.
마님께 야단만 맞고
문 밖에 나와 남몰래 슬피 우니,
남자가 성내는 건 겨우 한때지만
여자가 화를 내면 말도 많아라.
남자라면 견딜 수 있지만 여자는 정말 어려워라.

貧家女奴兩脚赤。　　上山採薪多白石。
白石傷脚脚見血、　　木根入地鎌子折。
脚傷見血不足苦。　　但恐鎌折主人怒。
日暮戴新一束歸、　　三合粟飯不饟飢。
但見主人怒、　　　　出門潛啼悲。
男子怒一時、　女子怒多端。　男子猶可女子難。

무슨 일이 있으랴
何事 1755

썩은 선비에게 다시 무슨 일이 있으랴.
맑은 세상이건만 산촌에서 늙어만 가네
나무를 심어 집안 살림을 전하고
밭을 갈아 나라 은혜에 보답할 뿐이라네.
외로운 연기 나는 곳에 띠집이 있어
떨어지는 해가 반쯤 사립문에 걸렸어라.
이 뜻을 그 옛날 도연명이 알아
물끄러미 바라보며[1] 아무 말 하지 않았다네.

腐儒更何事、　　清世老山村。
種樹傳家計、　　耕田報國恩。
孤烟始茅舍、　　落日半柴門。
此意陶潛解、　　悠然已不言。

■

1) 동쪽 울타리 아래에서 국화를 꺾고
　　물끄러미 남산만 바라보네.
　　采菊東籬下、　　悠然見南山。　－도잠(陶潛) 〈음주(飮酒) 5〉

봄날 새로 엮은 집에서

新居春日 1755

사람 사는 지경 밖에다 집을 얽어매고
봄날 홀로 거닐며,
바위에 앉으면 외로운 구름 일어나고
꽃을 옮기면 가는 비가 내리네.
도를 깨우친 마음이야 땅을 따라 얻는 것.
사람 사는 일도 때를 따라 열리는데,
서녘 시냇가에 갈매기와 해오라기는
한 해가 다 가도록 서로 시기하지 않네.

結廬人境外、　　春日獨徘徊。
坐石孤雲起、　　移花細雨來。
道心隨地得、　　生事逐時開。
鷗鷺西溪上、　　終年兩不猜。

누이를 해남으로 보내고

別妹 1757

해남[1]으로 아침에 누이를 보내고
종일토록 내 마음이 괴로워라.
오누이로 태어나 처음 헤어졌으니
강산은 갈수록 더디기만 할 테지
어둠침침해 가며 바람발은 드세지고
아득히 밤 깊어 갈수록 내 마음 슬퍼라.
지금쯤 어느 주막에 들어
집 생각하며 눈물을 흘리겠지.

海南朝送妹、　　終日苦寒之。
骨肉生初別、　　江山去益遲。
陰陰風勢大、　　漠漠夜心悲。
知爾宿何店、　　思家也涕垂。

1) 신광수의 아내가 고산 윤선도의 증손자이자 해남 윤씨의 종손인 윤두서
　(尹斗緖)의 딸이다. 누이가 셋인데, 어느 누이인지는 알 수 없다.

심진사의 죽음을 슬퍼하며

輓沈進士禹錫 1757

3.

자네 집은 광릉땅 콩꽃 피는 마을
골짜기로 이사한 지 한 해도 못 되었지.
자네 아우가 울면서 가을 곡식을 거두니
내일이면 무덤 앞에서 제사를 지내겠지.

豆花門巷廣陵田。　　峽裏移家未一年。
阿弟泣收秋後稻、　　可憐來日祭墳前。

4.

향교[1] 달 밝은 밤 술 파는 집에
몇 번이나 같이 와서 돌 위에서 마셨던가.
한 번 헤어지곤 4년 만에 다시 와서
동쪽 섬돌에서 옛 국화를 혼자 마주하였네.

香橋明月酒人家。　　幾度同來石上賒。
一別四年重到此、　　東堦獨對舊黃花。

* 심우석(1700-1757)의 자는 주경(疇卿)으로, 1740년 진사시에 3등 65
　인으로 합격하였다.
1) 지금의 종로구 명륜동 명륜경찰서 앞에 있던 다리이다.

나그네 길의 걱정

旅懷八詠 1757

6.

바닷가의 살림살이 두 아우도 가난하니,
우리 집안사람들은 문장 때문에 그르쳤네.
고향에서 헤어진 뒤론 한 자 소식도 없으니,
비바람 몰아치는 이 한밤에 나만 멀리 떨어져 있구나.

江海生涯兩弟貧。　　文章誤盡我家人。
關山別後無來鴈、　　風雨中宵獨在秦。

8.

흉년이 들면 우리 집 종들은 굶주려 죽고 또 없어지는데
추운 겨울날 세금을 재촉하며 또 잡아갔구나.
아직도 주인이 급제하여 돌아올 날만 기다리며,
깊고 깊은 산 속에서 몇 집에 흩어져 산다네.

荒年奴僕死亡稠。　　凍月催租又見囚。
猶待主人登第去、　　萬山深處數家留。

미륵당에서 자며

宿彌勒堂 1757

하늘은 찬데 옛 주막에 들어 잠자니
돌아가는 나그네의 맘 밤들어 더욱 외로워라.
촛불을 끄니 창문은 눈빛으로 환한데
차를 끓이노라 베갯머리 근처는 빨갛구나.
깊은 밤 마굿간에서 마판 밟는 소리 들리는데
요즘의 시골 일들을 종에게 들어서 아네.
달 지고 닭 울음소리 들린 뒤에야
다시금 유유히 길에 오르네.

天寒宿古店、　　歸客夜心孤。
滅燭窓明雪、　　燃茶枕近爐。
深更知櫪馬、　　細事聞鄕奴。
月落鷄鳴後、　　悠悠又上途。

집에 돌아와도 아내는 없어

還家感賦 1757

반 년 동안 서울의 나그네였다가
집으로 돌아오니 회포가 새로워라.
문에서 기다리는 애들이야 예 그대로지만
베틀에서 내려와 반겨 줄 아내는 이제 없구나.
가난을 같이한 것만도 한스러운데
무정하여라, 귀신으로 나뉘어 섰네.
빈 소장에 한 번 곡하고 나니
나이 든 내 몸이 더욱 쓸쓸하여라.

半歲秦京客、　　還家懷抱新。
依然侯門子、　　不復下機人。
有恨同貧賤、　　無情隔鬼神。
虛帷一哭罷、　　廓落暮年身。

과거 시험장에 다섯 아들을 보내고

其夕 1758

통례원의 관리가 오늘은 누구의 이름을 부르려나.
답안을 바친 사람이 우리 집에만 다섯이 있다네.
너희들이 스스로 집안의 앞날을 맡으리니,
늙은 나는 숨어사는 뜻을 고치기 어려워라.
깊이 알아라, 얻고 잃는 것 모두 운수에 달린 것이니,
시와 글로 집안의 이름을 떨어뜨리진 말아 다오.
어린 딸년까지도 정신없이 방이 나붙길 기다리며,
머리를 세우고서 아침저녁으로 멀리 서울 쪽을 바라보네.

鴻臚今日唱誰名。　　呈卷吾家五後生。
汝輩自爲門戶計、　　老夫難改薜蘿情。
深知得失都關數、　　只願詩書不墜聲。
兒女蒼茫猶待榜、　　擡頭日夕望秦京。

선달 그믐을 의금부에서 숙직하며
直廬除夕 1763

선달그믐을 해마다 집에서 못 지내더니
올해도 다시금 서울에서 맞는구나.
의금부 숙직방은 깊이깊이 잠겨 있어
촛불만 반짝반짝 불꽃이 흔들리네.
세상만사 창망중에 베개 위에 몰려와
외로운 벼슬아치는 하늘 끝에 있는 것 같아라.
날이 밝는 아침이면 어머님도 팔순인데
돌아가 봉양할래도 밭이 없어 긴 밤 한숨만 짓네.

除夕年年不在家。　　今年除夕又京華。
金吾直鎖深深地、　　蠟燭看搖耿耿花。
萬事蒼茫來枕上、　　一官孤寂似天涯。
庭闈八十明朝近、　　歸養無田永夜嗟。

56

봉산의 점쟁이 유운태에게

贈鳳山日者劉雲泰 1763

1.

남쪽에서 이름 들은 지 벌써 십 년이건만
봉산 천리길이라 인연 닿지 않았네.
오늘 아침 필마로 돈 얻으러 나선 길에
복채 대신 시 한 수 써서 주겠네.

南國聞名已十年。　　　鳳山千里到無緣。
今朝匹馬西關路、　　　只把新詩當卜錢。

2.

촉나라 군평보다도 그대가 더 낫다네.
복채도 받지 않는다고 세상에 이름 가득해라.
길 떠나며 빗 한 쌍을 남겨 주리니
헤어진 뒤 머리 빗을 빗을 때마다 날 생각하게.

劉生賢勝蜀君平。　　　卜不要錢滿世名。
臨行却贈雙梳子、　　　別後梳頭憶我情。

소쩍새 우는 소리를 듣고
夜聞子規有感 1773

영월 깊은 산속에 소쩍새 우는 소리
네 어찌 괴롭게 울어 삼경까지 지새는가.
꽃 사이에 피울음을 이젠 토하지 말라.
만 가지 장릉의 한이 풀린 지 오래일러라.[1]

越絶深山蜀魄聲。　　爲何啼苦到三更。
如今莫吐花間血、　　萬事莊陵恨已平。

---

1) 1455년에 사육신의 단종 복위 계획이 실패하자, 1457년에 단종은 노산
군(魯山君)으로 강봉(降封)되어 영월로 추방되었다. 그해 가을 금성대군
이 순흥에서 다시 단종 복위를 모의하다가 발각되자, 노산군은 서인으
로 강등되었다가 12월 영월에서 죽음을 당하였다. 그 뒤 숙종 때에야 대
군으로 추봉되었다가 이어 복위되고, 묘호를 단종이라 하였다. 신광수는
1772년에 영월부사로 부임하였다.

금마군수 전별가

1750

금마 군수 남태보(南泰普)의 치적이 호남 호서에서 가장 뛰
어났다. 갈려갈 때에 금마군 백성들이 반드시 수레채를 잡고
눈물 흘리며 울 것이다.
내가 그 뜻을 시로 지어 백성들의 뜻을 남기고, 한 나라 풍요
(風謠)의 진작을 대비하려 한다.
내가 생각하기에는 조잡하나마 악부(樂府)의 남긴 뜻을 얻어
제법 여항(閭巷)의 가락을 지닌 것 같다. 만약 후세의 사관이
시를 채집한다면 아마도 이 시를 고르게 될 것이다.
 – 신광수의 〈금마별가〉 머리말에서

* 전라북도 익산시 일대가 본래 마한(馬韓)이어서 백제에서는 금마저(金馬
  渚)라 하였고, 신라에서는 금마군(金馬郡)으로 고쳤다. 고려 충혜왕 때에
  익주(益州)로 승격시켰으며, 조선 태종 때부터 익산군(益山郡)이 되었다.

1.

금마 군수가 떠난다니까
아홉 면 모든 백성들이 배웅하네.
다투어 사또를 붙들고 울며
'사또님 가지 마소' 막는구나.

金馬使君行、　　九面萬男女。
爭持使君啼、　　使君便莫去。

2.

말아! 삼경에 먹지 마라.
닭아! 오경에 울지 마라.
날이 밝으면 사또님 가시니
천하에 가여운 인정일세.

三更馬莫喫、　　五更鷄莫聲。
天明使君去、　　天下憐人情。

3.

관가 문에서 말다리 부둥켜안고
말 위의 꾸지람도 무서워하지 않네.
오히려 욕먹을 건 사또님의 육년 기한,
금마 백성들을 잘못 죽이네.

官門抱馬足、　　不畏馬上嗔。
却罵六年限、　　枉殺金馬民。

4.

올해 병자년 가련했던 시절에
쌀과 돈 2백 냥을 내려주셨지.
하느님이 생불 보내시어
백성들이 모두 하늘의 덕을 입었네.

可憐乙丙年、　　斗米錢二百。
天遣活佛來、　　百姓衣天德。

10.

군관 신차남이
영남에 가서 옷감을 사왔지.
헐벗었던 백성들 한꺼번에
새 옷소매 들어뵈며 동네에 자랑했지.

軍官申次男、　　貿衣嶺南市。
一時百寒人、　　擧袖誇隣里。

11.

혼인이라면 누가 때를 놓칠세라.
장례라면 누가 치르지 못할세라.
하나하나 면임이 아뢰어서
차례대로 돈과 쌀을 대어 주었네.

婚姻誰過時、　　喪葬誰不擧。
一一面任報、　　隨例錢米與。

12.

봄이 와도 봇물이 없는 들판에는
커다란 둑을 관청에서 쌓아 주었지.
해마다 봇물 고기를 잡아다
사또님과 함께 먹기도 했네.

春浦無水野、　　大堤官高築。
年年春浦魚、　　捉與案前喫。

13.

춘삼월 뻐꾸기 울 때
관청 곡간에서 종자 벼를 나눠주었지.
곡간에는 쥐도 새도 없어
한 섬이 그대로 온전한 한 섬 되었지.

春月布穀鳴、　　　司倉散種食。
倉中無雀鼠、　　　一石還一石。

19.

서리 내린 아침에 어린 아기 업고
지아비 지어미가 관청에 가 호소했었지.
이젠 세초[1]할 때에도
우리 아긴 편안히 잠만 자네.

霜朝背黃口、　　　夫妻昔訴官。
今等歲抄時、　　　儂兒睡穩安。

■

1) 군인 가운데 죽거나 달아난 자, 또는 병든 자를 조사하여 보충하던 일. 해
　마다 6월과 12월에 하였다.

21.
10전 한 닢으로 일꾼을 모아도
어야데야 모여들어 객사를 지었지.
등에 진 나무가 무겁지 않았고
손에 든 돌도 무겁지 않았지.

十錢募一夫、　　登登客舍役。
儂背不知木、　　儂手不知石。

22.
6년 동안 이 마을에선
밤개들도 아전을 짓지 않았지.
솔꽹이불 켜서 길쌈을 하며
남녀들이 모여 웃고 즐겼지.

閭閻六年間、　　夜犬無吠吏。
松明績麻火、　　男女作笑戲。

23.

집집마다 흰밥을 지어 놓고 빌었지.
육 년 임기에 한 해만 더하게 해주소.
이웃 고을 사또가 돈 써서 오려 하니
우리 사또님 빼앗아가게 하지 마소.

家家白飯禱、　　六年加一年。
鄰官願買去、　　休奪儂案前。

24.

우리 사또께서 가시면
우리는 어찌 살라나.
어린애가 어버일 잃은 것 같아
옷이며 밥이며 누가 챙겨 줄거나.

今日案前歸、　　敎儂若爲住。
幼兒失爺孃、　　衣飯誰當厝。

28.

닭 잡아 사또님 배웅하려지만
나팔소리 세 번에 일어서시려네.
사또님 잠시만 말을 멈추고
익산의 물 한 번만 더 마셔 주소.

殺鷄欲餞官、　　三吹官欲起。
煩官少駐馬、　　更飮益山水。

30.

오실 때에 별난 물건 없더니
가실 때에도 별난 물건이 없네.
푸른 보자기 붉은 보자기에
낡은 편지만 여덟 권이라네.

來時無別物、　　去時無別物。
靑紅一雙袱、　　八卷古簡札。

32.

황충이 다 익은 벼를 먹었네.
새로 오신 사또님 어떤 분이신가.
아전들은 모두 돈만 좋아해서
큰 곤장으로 백성들만 들고 친다네.

蝗蟲殺晚禾、　　新官問何人。
官人多愛錢、　　大杖善打民。

서관록(西關錄)

1760

신광수는 마흔아홉 살 되던 해에 평안도 지방으로 여행을 떠났다. 한가하게 노니는 것이, 아니라 벼슬하는 벗들에게 먹을거리를 얻기 위해서 떠난 것이다.

광수·광연·광하의 세 형제가 모여서 이야기를 나누며 시를 읊어 하룻밤을 지새운 뒤에, 추운 겨울날 먼 길을 떠났다.

石北
申光洙

아우가 배웅하러 멀리서 왔기에

十一月庚辰初四日夜文初來自西川送行仍拈
西字共賦 1760

나는 평양으로 떠나려는데
너는 서천으로 찾아왔구나.
쌓이는 눈 속에 고향은 멀고
형제들은 멀리 떨어져 있네.
가난 때문에 오늘의 헤어짐이 있으니
떠날 마당에 함께 울고 싶구나.
섣달그믐날 부모님께선
두 곳 자식 생각에 시름 겨우시리라.

吾將浿西去、　　爾亦自松西。
積雪關山遠、　　他鄕骨肉迷。
以貧爲此別、　　臨發欲相啼。
除夕高堂上、　　人情兩處齊。

날이 밝으면 천릿길 떠날 텐데

又賦情字 1760

날이 밝으면 천릿길 떠날 텐데
말은 벌써부터 쓸쓸히 우네.
오늘 밤 산 속에서 헤어지면
참으로 이 몸이 변방까지 가겠구나.
어느 고을에서 보름달을 보게 되랴
돌아올 날은 아마도 이듬해 봄날일 테니,
하나하나 날아가는 기러기떼
고향은 남쪽으로 차츰 멀어지겠지.

明朝一千里、　　馬作蕭蕭鳴。
有是山中別、　　眞成塞上行。
何州見月滿、　　歸日恐春生。
一一行飛雁、　　關山南極情。

앞길엔 술도 없을 테니

又得深字 1760

나그네는 날이 밝으면 떠나려는데
밤새도록 눈은 왜 이리 깊이 쌓이는가.
섣달그믐은 차츰 다가와
만 리길 떠나는 마음을 더욱 무겁게 하네.
나그넷길 떠나려니 흰 머리가 더욱 슬픈데,
돈을 얻으려면 어디 가서 물어야 할까.
앞길엔 응당 술도 없을 테니
찬 시름 견디기가 몹시 어렵겠구나.

行人明日發、　　終夜雪何深。
漸近窮陰月、　　逾添萬里心。
長途慙白髮、　　何處問黃金。
前路應無酒、　　寒愁恐不禁。

동선령에서
洞仙嶺 1760

동선령 위에서 서울을 바라보니,
내 집은 서울 지나 또 열 고을 넘어
남녘으로 가는 구름 천 리 또 만 리
시름없이 넘어간 사람 누가 또 있을까.

洞仙嶺上望秦京。　　家度秦京又十城。
南去白雲千萬里、　　何人到此不關情。

평산 가는 길에서

平山途中 1760

평산의 아전이 문 앞에서 꾸짖으니,
이시랑의 편지를 전할 길이 없네.
가는 곳마다 가난한 선비에겐 낭패가 많으니
황주로 가는 길에서 돈 없는 나를 웃어 보네.

平山府吏叱門前。　　李侍郎書不可傳。
到處寒儒多敗意、　　黃州路上笑無錢。

기생에게

贈妓 1760

열여섯 난 양갓집 딸이
올해 기방으로 들어왔으니
난폭한 사내에게 몸을 그르쳐
눈물을 뿌리며 낭군과 헤어졌다네.
노래와 춤 배우는 것 부끄럽기 그지없고
가난해도 저고리 치마는 빌리지 않으니,
미인은 박명이라 원한도 많은데
현명한 관리들도 밝히 알려고 하지 않네.

十六良家者、　　今年入敎坊。
誤身由暴客、　　揮淚去新郞。
羞難學歌舞、　　貧不惜衣裳。
薄命多生恨、　　明官照未詳。

대동강을 떠나며

別浿江 1760

내 생애에 한 많았던 곳 바로 여기 평양인데,
나이 들어 흰 머리로 온 것이 가장 한스러워라.
금장막 속에서 붉은 계피술 맘껏 취하지 못하고,
그림배 능라도 푸른 섬에서 봄놀이 못 다하는구나.
오직 시와 글을 지어 집집마다 시권을 남기고,
아름다운 강산 속에서 헛되이 다락에 오르네.
평양이라 번화한 땅 쓸쓸히 왔다 가니,
이 나라에서 한평생 그저 선비로 늙는 것이 부끄럽구나.

人生多恨是西州。　最恨行年已白頭。
金帳桂紅無夜醉、　畫船綾碧失春遊。
徒傳詞賦家家卷、　虛倚江山處處樓。
寂寞去來佳麗地、　百年東國布衣羞。

따라와 준 벗을 돌려보내고

與韓督郵仁壽同到平山分路向長淵獨留旅舍
夜坐有憶 1760

여관 등불 외로워 그대와 헤어진 뒤 더욱 쓸쓸해라.
벗이여 오늘밤에는 개성에서 자고 있겠구나.
날이 밝으면 흰 눈 속으로 서쪽 고을을 찾아 길 떠나리니,
길벗은 말 한 마리뿐 바닷가를 쓸쓸히 지나갈 테지.

旅舘孤燈別後情。　　故人今夜宿開城。
明朝白雪西州路、　　匹馬蕭條海畔行。

---

* 원제목이 무척 길다. 〈찰방(종6품) 한인수와 평산까지 함께 왔다가 장연
  으로 돌려보내고는, 객사에 혼자 머물며 밤에 앉아 생각하다.〉

여강록(驪江錄)

1761~1763

그는 나이 쉰이 되어서야 첫 벼슬인 영릉 참봉(종9품)이 되었다.

여주에 있는 영릉(寧陵)은 조선 17대 효종의 왕릉인데, 여주 부근에는 신륵사·청심루 등 경치 좋은 곳이 많았고, 해좌(海左) 정범조(丁範祖)를 비롯해 시를 좋아하는 벗들이 가까이 살았다. 그는 이곳에서 3년 동안 지내면서 '평생 가장 마음에 드는 시들을 지었'고 회상하였다.

그는 시골에 조금 있는 산과 밭을 아우와 아들에게 맡기고 벼슬길로 떠났다.

石北
申光洙

영릉참봉 벼슬을 받고

聞除命 1761

시와 글 헛된 이름으로 반세상 살았는데,
밝은 세상 나랏님의 부르심으로 시골 사람들 놀라는구나.
일찍이 윗사람께 글 올려 벼슬 얻고픈 생각은 없었지만,
여강의 효자처럼 부모 모시고픈 마음은 있었다네.
물가 난간에 기대어서 고기와 새들도 작별하고
산과 밭은 맡겨 두어서 아우와 아들이 갈도록 했네.
능을 쓸고 치우는 벼슬이 내게는 알맞으니
날이 밝으면 어버이 하직하고 멀리 서울길을 떠나려네.

詞賦虛傳半世名。　　　明時一命野人驚。
曾無光範投書意、　　　實有廬江奉檄情。
水檻憑呼魚鳥別、　　　山田留與弟兒耕。
園陵灑掃恭臣職、　　　朝日辭親便北行。

영릉으로 부임하는 길에

途中 1761

겨울 하늘 아래 말을 달려 여주로 향하였는데,
원릉에 다다를수록 시름이 바쁘구나.
맑은 새벽 찬 서리에 옷소매는 무겁고,
밤이 깊어 눈보라는 흰 머리를 적시며 녹아 흐르네.
따뜻한 집 붉은 담요 속에서 편안히 자는 사람은 누구인가.
벌판의 주막 산 속의 다리 쉬지 않고 지나가네.
날이 밝으면 삼전에 올라 나라님 은혜를 감사드린 뒤에,
바쁘게 길을 달려 광나루 배를 갈아타리라.

寒天驅馬向驪州、　　冬至園陵趁急愁。
淸曉有霜衣袖重、　　深更鬪雪鬢華流。
紅毹煖屋眠誰足、　　野店山橋去不休。
明日謝恩三殿後、　　忽忽又上廣陵舟。

섣달 아흐레에 백성들의 괴로움을 듣고

臘月九日行 1761

인생엔 언제나 일이 많아서
여주에 겨우 몇 날 머물다가,
다시금 섣달에 일을 나가니
북녘이라 추위가 더욱 매섭네.
산천은 눈에 가득 참담하게 들어오고
한 길 쌓인 눈 속으로 말의 무릎까지 빠지네.
새벽녘에 광현을 떠났는데
화살 같은 바람이 머리를 스쳐,
얼굴을 가리고 말등에 엎드려도
바람에 갓이 날려 자꾸만 떨어지네.
종들은 길가에 벌떡 쓰러져
억지로 입을 열어도 말이 안 나오고,
말에서 내려 한 걸음씩 걸으니
숨까지 헉헉 막히려 하네.
길 가던 사람들 서서 서로 바라보니
얼굴마다 얼음이 거죽을 덮었네.
머리를 돌려 보니 자고 온 곳은 멀고
바라보니 앞에는 험한 고개가 막혔네.
십 리를 가서야 비로소 주막을 만나
문을 바라보며 저마다 뛰어들어,
불을 찾고 사지를 뜯들이며

얼어붙었던 몸을 잠시 녹이네.
주인 할멈은 나의 행차를 괴이하게 여겼네.
"어찌 천금을 베풀어 구휼하지 않으시오?
오늘 아침에도 저 고개에서
예닐곱 사람 얼어 죽었으니,
내 여태껏 칠십 평생 살아 왔지만
올처럼 매서운 추위는 처음 본다오."
나는 주인 할멈의 말을 듣고서
마음속으로 부끄러움이 많았네.
의식 마련할 겨를도 없거니와
자식 혼사도 치르지 못한 터라,
늘그막에도 추위에 시달려야 하니
살아 갈 걱정은 이루 말할 수 없네.
부잣집들이야 오늘 같은 날이라도
추위가 어찌 이처럼 심하겠는가?
털가죽 옷에 백탄 화로 벌겋게 피우고
아늑한 방 안에 겹겹으로 병풍을 둘렀으리.
태어나면서 귀천이 따로 있으니
사는 것도 괴로운 쪽과 편한 쪽이 달리 있네.
밤에 누워 추위 속 거지들을 생각하니
측은하여 맘속이 편치 않아라.

벌건 알몸뚱이에 눈물을 줄줄 흘리며
남은 밥 구걸하다 욕만 먹었지.
남의 집 처마 밑에 몸 붙여 자면
밤새도록 눈보라 몰아치겠지.
너희들에게 나를 견주어 보니,
내 몸이 더욱 편안하게 느껴지네.

人生每多事、　　驪州纏數日。
復此臘月役、　　溯北寒凜溧。
山川慘滿目、　　丈雪沒馬膝。
清朝發廣峴、　　風頭過箭疾。
掩面伏馬背、　　飛冠屢見失。
僕夫臥道周、　　口强聲不出。
下馬一步步、　　氣直恒欲窒。
行人立相視、　　面面氷作室。
回頭宿處遠、　　却望前嶺崒。
十里始逢店、　　望門投一一。
索火炙四體、　　移時解縮瑟。
主媼怪我行、　　千金胡不恤。
今朝李夫峙、　　凍殺幾六七。
生世七十年、　　最見今冬溧。

我聞主媼言、中心多愧悶。
衣食不遑處、婚嫁苦未畢。
垂老犯寒暑、傷生事難述。
朱門有今日、苦寒豈盡悉。
貂裘白炭紅、洞房重屏密。
受命有賢愚、居世異勞佚。
夜臥念寒乞、惻然心內怵。
赤身啼波沱、餘飯見訶叱。
寄宿人簷下、終夜雪風颰。
持我今比汝、又覺體曠逸。

최이유가 세상을 떠났다는 소식을 듣고 슬퍼서 율시 한 수를 짓다

聞崔而有亡悼成一律 1762

최승지 죽음을 목 놓아 우노라니
세상에 그의 절명사만 전해졌구나.[1]
생전에 미처 병문안을 하지 못했으니
어디에서 그대와 시를 다시 논하랴.
신선들과 어울려 웃고 지내겠지만
세상 사람들은 이제야 슬픔에 젖는다네.
평생의 〈광릉산〉[2]을
그래도 나만은 깊이 알아주리라.

痛哭崔承旨。　流傳絶命辭。
當時未問疾、　何處更論詩。

* 이유(而有)는 최성대(崔成大, 1691-1762)의 호인데, 두기(杜機)라는 호를 더 많이 썼다.
1) 공이 병중에 있을 때에 나에게 한번 만나자고 청하였는데, 마침 급한 일로 세향(歲享)에 가느라고 문병하지 못하였다. 당직에서 벗어나 문안가려고 집에 왔더니, 공의 부고가 이어서 왔다. 공이 임종에 지은 시에 "해상에서 삼신산 친구를 따라가야 했는데, 인간 세상에 지금까지 구모일우처럼 남아 있었네.[海上應須三島侶, 人間今落九牛毛.]"라는 구절이 있었다. (원주)
2) 죽림칠현 가운데 한 사람인 해강(嵇康)이 형(刑)을 당하여 죽을 때에 거문고를 가져오라 하여 〈광릉산〉 한 곡조를 타고는 "이 곡조를 나만 알고 다른 사람에게는 전해 주지 않았으니, 이제는 영영 세상에서 없어졌다." 하였다.

仙侶眞相笑、 世人應始悲。

平生廣陵散、 猶或我深知。

方公病中、要余一面、以急赴歲享、不果問疾、擬脫直相
侯、到齋、公訃繼至。聞臨絶、有海上應須三島侶、人間今
落九牛毛之句。

벗이 소 타고 찾아왔기에

法正自鼇山騎牛暮至 1762

날 저무는 강가에서 내 그대 오길 기다렸더니,
그대는 소등을 타고 와서 한 번 환히 웃어보이는구려.
강 위의 달은 벌써 세 길이나 더 높이 올랐으니,
눈 속을 서둘러서 절 동대에 오르세.

黃昏江上待君來。　　牛背君來笑一開。
江月已高三丈外、　　雪中催上寺東臺。

---

* 원문 제목이 길다. 〈법정이 오산에서 소를 타고 저녁에 이르다〉 법정(法
正)은 정범조(丁範祖, 1723-1801)의 자이고, 호는 해좌(海左)이다. 형조
판서, 홍문관 제학을 지냈다.

동대에서
東臺 1762

동대[1] 위로 달이 떠올랐는데 그대와 마주 앉으니,
눈 내린 뒤 빈 가람이 새삼 환하게 느껴지네.
지난 해 일을 정히 생각하니 바로 오늘 밤 나그네 되어,
해 저물녘 해주성에 내 홀로 올랐었네.

東臺月出對丁生。　　雪後空江更覺明。
正憶去年今夜客、　　黃昏獨上海州城。

---

1) 신륵사(神勒寺) 경내 남한강 가의 마암(馬巖) 위에 있는 누대인데, 이 위에 다층(多層) 전탑(塼塔)이 세워져 있다. 고려 우왕(禑王)의 왕사(王師)인 나옹화상(懶翁和尙)이 이곳에 머물다가 입적하였으므로, 신륵사에 부도(浮屠)를 세웠다.

배 타고 단포를 찾으며

舟訪丹浦 1761

2.

배를 청계의 어귀에다 대니
청계에 바로 그대의 초당이 있구려.
그윽한 꽃은 이제 막 피려 하고
햇버들은 벌써 가지가 늘어졌구려.
손님이 찾아들면 정성껏 대접해 주며
고기잡이 나무꾼과 더불어 세상을 잊으셨네.
아침이 찾아와 배를 돌려 오니
자고 온 곳의 산골짜기가 푸르기만 하구려.

舟泊靑溪口、　　靑溪卽草堂。
幽花初動意、　　新柳已成行。
鷄黍逢人設、　　漁樵與世忘。
朝來回棹去、　　宿處峽山蒼。

강물에 몸을 맡겨 조용히 흘러가노니

上江舟行 1762

두미·월계에 봄물이 불어
뱃사람이 일어나 배에 돛을 올리네.
외로이 나는 흰 물새는 어디로 가는지,
멀리 뵈는 푸른 산, 그곳이 한양이겠지.
꽃버들 가벼운 바람에 봄볕이 눈부시고
다락과 저녁노을이 물에 거꾸로 흔들리네.
강물에 몸을 맡겨 조용히 흘러가노니
인간 나그네길 바쁘다는 게 믿어지지 않아라.

斗尾月溪春水長。　　舟人初起上江檣。
孤飛白鳥知何處、　　遠出靑山是漢陽。
花柳輕風暄滿眼、　　樓臺落日倒搖光。
滄洲一任從容去、　　不信人間客路忙。

시냇가 조그만 집

水岸小屋 1762

시냇가 수양버들 아래 조그만 집 있어
사립문이 채마 꽃밭 향해 열렸네.
주인 늙은이는 노란 좁쌀 멍석에 참새를 쫓고
파란 삽살개가 돌 위에 올라가 졸고 앉았네.

垂柳人家水岸邊。　　柴門開向菜花田。
主翁驅雀黃粱席、　　靑犬來登石上眠。

벗이 가객을 데리고 왔기에

寄公彦謝昨日携歌者見訪林中 1762

낙양 가객 이세춘이 가을 바람을 띠고
가을날 그대와 함께 와서 노래를 부르네.
애틋한 목소리가 처음엔 골짜기를 움직이더니
어느덧 먼 허공을 떠가는 것 같네.
서쪽 연못 푸른 풀밭에 잠시 머물다가
단풍나무 숲속에서 홀로 보내네.
내일 신륵사에 데리고 올라가면
우성(羽聲) 가락이 강에 가득한 기러기도 날아 일으키겠네.

洛陽歌客帶秋風。　　秋日來歌與子同。
裊裊初聞哀動壑、　　依依已覺遠浮空。
少留碧草西池上、　　獨送丹楓萬樹中。
明日携登神勒寺、　　羽聲飛起滿江鴻。

■
* 원문 제목이 길다. 〈공언에게 시를 부쳐서, 어제 가객을 데리고 숲속을 찾
  아와 준 것에 고마워하다〉

밤에 단포에 들르며

夜入丹浦 1762

2.

흰 이슬이 배에 가득 내리는데
단포로 향하여 달빛 속을 가네.
마을이 가까운지 먼지도 모르겠고,
오직 밝은 물빛만이 비치는구나.
기러기가 날아와 그림자가 많고
갈대는 흔들리며 소리를 내네.
그대 문 앞에 이르면 밤이 다 새리니
벌써 닭소리 들리는 것 같구나.

白露滿船下、　　丹湖向月行。
不知村近遠、　　惟覺水虛明。
鴻雁來多影、　　蒹葭拂有聲。
到門應盡夜、　　如已動鷄鳴。

여주 열녀를 기리며

驪江節婦歌五解 1762

1.

여주 외딴 버드나무 집에
어제까지 지아비를 곡하는 소리 들렸네.
오늘 아침 곡소리 끊어졌으니
아낙네가 쉽게 목숨을 버렸구나.

驪州獨柳家、　　昨聞哭夫聲。
今朝哭聲絶、　　疋婦易捐生。

2.

지아비 제사 지내 줄 아이가 없으니
첩이 산들 무슨 보람이 있으랴.
지아비 죽을 제는 아내가 장사지내 주더니
첩이 죽어가자 형이 장사지내 주네.

無兒可祭君、　　妾生何所望。
君死有妻葬、　　妾死有兄葬。

3.

오늘 졸곡(卒哭)[1]을 치렀으니
혼백이 지하에 가서 지아비를 따르리라.
땅속에 천 년이나 함께 있을 사람들이
겨우 석 달을 외롭게 지냈구나.

今日旣卒哭、　　魂魄下從夫。
地中千載人、　　秖得三月孤。

4.

첩이 살았을 젠 한 몸이 가볍더니
첩이 죽고 나자 삼강(三綱)이 중하여라.
삼강을 그대 한 몸에 지녔으니
태산이 이 무덤보다도 작아라.

妾在一身輕、　　妾去三綱重。
三綱一身持、　　泰山小於塚。

■
1) 삼우제를 지낸 뒤에 석 달 만에 지내는 제사를 가리킨다. 옛날 상례(喪禮)
   에 백일제(百日祭)를 지낸 뒤에 무시로 곡(哭)하는 것을 중지하는 대신,
   조석(朝夕)으로 한 번씩 곡을 하였는데, 이를 졸곡이라고 한다.

5.

여강의 물이 마르지 않고
여강의 산도 닳아 없어지지 않으리.
이곳에 정씨를 묻었으니
지나는 나그네여 내 노래를 들어 보소.

驪之水不絶、　　驪之山不磨。
此是鄭氏葬、　　行者聽我歌。

나무꾼 시인을 찾아갔다가 만나지 못하고
訪月溪樵者不遇 1762

나무꾼 시인은 월계 서편에 사는데
아침마다 남풍을 타고 월계를 건넌다네.
섶배가 돌부리에 매여 있어 나그네는 헛걸음 했네.
연기도 안 나는 초가집엔 아낙만 혼자 남았네.
넓은 강 아득하니 어디 가서 찾으랴.
아지랑이 비속에 봉우리들이 흐릿해라.
갈꽃 시를 읊으며 배를 돌려 가서는
낚시터에다 그대 위해 이끼 쓸고 시를 쓰리라.

樵夫本住月溪西。　　朝趂南風渡月溪。
繫石柴船空到客、　　無烟蘿屋獨留妻。
滄江一路尋何處、　　嵐雨千峯望盡迷。
且詠蒹葭回棹去、　　爲君磯上掃苔題。

■
* 나무꾼의 이름은 정봉(丁峰)이고, 호는 월계초객(月溪樵客)이다.

두 아우의 편지를 받고서
得兩弟書 1762

하늘 끝에 사는 두 아우는
늙어 가면서도 가련한 일이 많아서
삼계사에서[1] 상수리를 줍고
백월(百粵)[2]의 배에다 시를 전하였다네.
문장에는 궁핍한 귀신이 있고
바칠 세금은 흉년일수록 더욱 급하니,
섣달그믐 가까운 동녘 강 위에
기러기 울어 예며 내 마음을 꺾네.

天涯吾二弟、　　垂老事多憐。
橡拾三溪寺、　　詩傳百粵船。
文章有窮鬼、　　租稅急荒年。
歲暮東江上、　　心摧去雁前。

---

1) 삼계는 남포에 있다.[三溪, 在藍蒲.] (원주)
2) (작은아우) 문초(文初)가 절강(浙江)에서 표류한 상인과 한시를 주고받았
　다.[文初, 與浙江漂商唱和.] (원주)
　중국 양자강 남방에 있는 월인(越人)들 부락의 총칭으로, 백월(百越)이라
　고도 부른다. 여기에서는 먼 지역을 뜻한다.

아우와 함께 어스름 신륵사에 배를 대며
同淸之暝泊神勒寺 1762

호수 위의 스님을 찾아 작은 배 타고 떠났네.
동남쪽 아득히 바라보니 해가 저물려 하는구나.
넓은 물결 연기 속에 절간은 뵈지 않고
등불만 저 멀리서 깜박여 숲속에 마을 있는 줄 알겠어라.
물새는 멈칫 놀라서 가까운 언덕으로 돌아가고,
목탁 소리 가늘게 들리자 비로소 문을 두드리네.
농암 형제 일찍이 놀던 싱그런 땅에
우리 형제 또 한번 배를 같이 탔네.

湖上尋僧小棹翻。　　東南望盡欲黃昏。
滄波不見烟中寺、　　燈火遙知樹裏村。
水鳥暫驚還近岸、　　木魚微動始敲門。
二金瀟灑曾遊地、　　兄弟同舟又一番。

■
* 청지는 큰아우 신광연(申光淵)의 자이고, 호는 기록(騎鹿)이다.

최북에게 눈 내리는 강 그림을
그리게 하다

崔北雪江圖歌 1763

서울의 화가 최북은 그림을 팔아서 살아가는데,
쓰러진 초가집에는 네 벽에서 찬바람이 나는구나.
나무로 된 필통에다 유리로 된 안경을 쓰고,
문 닫은 채 하루 내내 산수도를 그린다네.
아침에 한 폭을 팔아선 아침 끼니를 얻고,
저녁에 한 폭을 팔아선 저녁거리를 얻는다네.
추운 겨울날 떨어진 방석 위에 손님을 앉혀 놓았는데
문 밖 조그만 다리 위에는 눈이 세 치나 쌓였구나.
여보게! 내가 올 적에 눈 덮인 강이나 그려서 주오.
두미와 월계에 다리 저는 나귀를 타고서,
환하게 물든 청산을 둘레둘레 돌아다보네.
고기잡이의 집은 눈에 눌리고 낚싯배만 외롭게 떴는데,
어찌 반드시 패릉교의 맹호연과 고산의 임포만 그릴 건가.

* 최북의 자는 칠칠(七七)인데, 그때의 이름난 화가였다. 그는 애꾸눈이고
  게다가 미천하게 태어났지만, 긍지가 대단하여서 좀처럼 그의 그림을 얻
  기가 어려웠다. 친한 사이라면 돈이나 물건을 받지 않고도 그림을 그려
  주었다. 가깝지 않은 사이라면 그림 값을 매우 비싸게 받았다. 그렇지 않
  으면 절대로 그려 주지 않았다. 석북은 자기의 그림에 대해서 이처럼 긍
  지를 가지고 있는 화가 최칠칠과 벗으로 사귀면서, 그의 사람됨을 시로
  읊어 준 것이다.

내 그대와 더불어 복사꽃 물 위에서 함께 배를 타리니,
설화지 위에다 봄날의 산 모습도 다시금 그려 주게나.

崔北賣畫長安中。　生涯草屋四壁空。
閉門終日畫山水、　琉璃眼鏡木筆箁。
朝賣一幅得朝飯.　暮賣一幅得暮飯。
天寒坐客破氈上、　門外小橋雪三寸。
請君寫我來時雪江圖。　斗尾月溪騎蹇驢。
南北靑山望皎然、　漁家壓倒釣航孤。
何必灞橋孤山風雪裏、　但畫孟處士林處士。
待爾同泛桃花水、　更畫春山雪花紙。

청나라에 가는 홍성원 부사에게

又追贈三絶

소리가 슬픈 구슬 같은 모란의 노래
마흔 세 고을[1] 기생 가운데 으뜸일세.
대동강 위에 밝은 달이 뜨는 밤에는
관산융마 한 가락 들어봄이 어떨까.[2]

聲如哀玉牧丹歌。　　四十三州冠綺羅。
明月大同江上夜、　　關山一曲聽如何。
丹妓善歌余關山戎馬詩。　故云。

■
* 이 시의 원제목은 〈또 절구 3수를 추가로 드리다〉라는 뜻이지만, 바로 앞
　에 〈연경(燕京)에 주청부사로 가는 홍성원 시랑을 전송하다[送奏請副使洪
　侍郞聖源赴燕])라는 오언율시 10수가 있으므로 그 제목의 뜻을 살렸다.
1) 평안도의 행정구역이 43개의 목(牧)·부(府)·군(郡)·현(縣)으로 이루어
　졌다.
2) 기생 모란이 내가 지은 〈관산융마〉 시를 잘 불렀으므로 이렇게 말하였다.
　(원주)

탐라록 (耽羅錄)

1764

그는 쉰세 살이 되던 해에 금부도사(5품)가 되어서 제주도로 갔다. 제주도에 도착한 다음날 제주를 떠나서 바다 가운데 이르렀을 때에 갑자기 태풍을 만났다. 밤새도록 물 위로 떠다니다가 이튿날 아침에 정신을 차려 보니, 제주도에 다시 가 닿아 있었다.

이렇게 배를 내었다가는 바람을 만나 다시 돌아와 대기를 네 번이나 하였다.

사십여 일 동안 객관에 머무르다가, 해신에게 제사를 지내고서야 바다를 빠져나왔다.

탐라에서 묵는 동안 듣고 본 것들을 묶은 것이 곧 〈탐라록〉인데, 또는 〈부해록(浮海錄)〉이라고도 한다.

石北
申光洙

제주 앞바다에 이르러 한라산을 바라보며
至半洋望漢挐山 1764

하늘과 물이 모두 푸르기만 해서 있는 듯, 없는 듯,
사자가 탄 외로운 배가 멀리 떨어진 섬을 찾아왔네.
한 조각 흰 구름이 남녘 끝에 걸려 있으니,
사공이 가리키며 저게 한라산이라 말하네.

靑靑天水有無間。　　使者孤舟向百蠻。
一片白雲南極外、　　艄工道是漢挐山。

제주도 토속

土風 1764

오랫동안 남방의 나그네 되어
토속에 자못 익숙해졌네.
이들의 사투리는 가늘고도 급하며
성씨래야 절반이 고씨와 양씨라네.
다만 구멍 뚫린 돌들만 보았을 뿐이지
말총 치마는 보지도 못했으니,
북쪽 사람들이 내게 묻는다면
돌아가서 할 얘기 길기도 해라.

久我南中客、　　頗於土俗詳。
方音多細急、　　夷姓半高良。
只見蜂房石、　　虛聞馬尾裳。
北人如問事、　　歸作話頭長。

삼월 삼십일 용왕에게 제사 지내고

三月十三日祭海 1764

배 위에서 삼경에 향불 한 심지 사르며
온 하늘 별과 달 아래 용왕에게 제사지내네.
어슴프레 신령이 내려오시는지
한 쌍 촛불 앞에 바다는 잔잔해지네.

船上三更一炷香。　　滿天星月祭龍王。
依俙想得神靈意、　　雙燭花前海不揚。

이별 노래를 부르지 말게나

別時船上贈一絶 1764

둥둥 북을 울리며 배 떠나가네.
달은 지고 샛바람에 돛폭도 부풀었네.
섬 여인이여! 나라 일이 급한 줄 너도 알거든
이별의 한 맺히게 사내를 보내지는 말게나.

鼕鼕打皷放船時。　　月落東風滿兩旗。
蠻女亦知王事急、　　莫將離恨送男兒。

---

* 떠나기 전날 밤에 월섬(月蟾)이란 기생이 〈상사별곡(相思別曲)〉을 불
  러 신광수를 애타게 했다. 그래서 그가 월섬에게 시 한 수를 지어 주
  었다.

제주도 해녀

潛女歌 1764

탐라의 여자들은 헤엄을 잘 하니
열 살이면 벌써부터 앞 냇가에서 배운다네.
토속에 신붓감으론 잠녀(潛女)가 으뜸이라.
의식 걱정 없다고 부모들도 자랑하네.
나는 북쪽 사람이라서 듣고도 믿지를 않았더니
이제 사신이 되어서야 남쪽 바다에 와서 보았네.
이월이라 성 동쪽은 해와 바람까지 따뜻해서,
집집마다 여인네들 물가로 나와 모였네.
갈구리 하나 종다래끼 하나 그리고 뒤웅박 하나,
벗은 몸에 잠뱅이만 걸치고도 부끄러워하지 않네.
깊고 푸른 바닷물에 겁 없이 곧장 뛰어내리니
바람에 날리는 나뭇잎처럼 공중에 몸이 던져지네.
북쪽 사람들 깜짝 놀라니 남쪽 사람들 웃어대네.
물장구치며 장난들 하다가 비껴서 물결을 타더니,
갑자기 오리·따오기처럼 물속으로 들어가 보이지 않네.
뒤웅박만 가벼워서 물 위에 둥실 떠 있구나.
조금 뒤에 푸른 물결 속에서 얼굴이 솟구쳐 올라와선,
얼른 뒤웅박 끈을 끌어다 허리에 잡아매네.
일시에 휘파람 길게 불며 큰 숨을 토해내니,
그 소리 너무 슬퍼 멀리 수궁 속까지 흔들어 놓네.
인생 살면서 하필이면 이렇게 어려운 업을 골랐을까?

그대들은 돈 때문에 죽음도 가볍게 여기는가.
어찌 듣지 못하였나, 육지에는 농사와 누에치기
산에는 나무하기도 있다는 것을.
세상에서 가장 무섭다 해도 물보다 더한 곳은 없을레라.
능한 여인은 깊이 들어가 백 척 가까이 이른다 하니
굶주린 고래를 만나는 날이면 가다금 그들의 밥도 되리라.
균역법을 베푼 뒤로는 날마다 바치는 공물이야 없어졌으니
관리들도 입으로는 돈을 주고서 산다고 하네.
그러나 팔도 고을에 바치고 서울에까지 올려보내자면,
생전복과 마른 전복을 하루에도 몇 짐이나 내어야 할까.
없는 게 없는 고관집 부엌에나
비단으로 덮인 공자들의 잔치 자리에서,
그들이야 어찌 알리 이토록 쓰라린 괴로움을.
겨우 한 입 씹어 보다가 그만 상을 내어 물릴게라.
잠녀여! 잠녀여!
그대들은 즐겁지만 나는 슬프기만 하구나.
어찌 사람의 목숨을 희롱하여 나의 입과 배를 채우랴.
아! 우리네 선비들이야 해주 청어도 얻어먹기 힘드니
아침저녁 밥상 위에 부추나물만 올라도 넉넉하여라.

耽羅女兒能善泅、
十歲已學前溪游。
土俗婚姻重潛女、
父母誇無衣食憂。
我是北人聞不信、
奉使今來南海遊。
城東二月風日暄、
家家兒女出水頭。
一鍬一等一匏子、
赤身小袴何曾羞。
直下不疑深靑水、
紛紛風葉空中投。
北人駭然南人笑、
擊水相戲橫乘流。
忽學鳧雛沒無處、
但見匏子輕輕水上浮。
斯須湧出碧波中、
急引匏繩以腹留。
一時長嘯吐氣息、
其聲悲動水宮幽。
人生爲業何須此、
爾獨貪利絕輕死。
豈不聞陸可農蠶山可採、
世間極險無如水。
能者深入近百尺、
往往又遭飢蛟食。
自從均役罷日供、
官吏雖云與錢覓。
八道進奉走京師、
一日幾馱生乾鰒。
金玉達官庖、
綺羅公子席。
豈知辛苦所從來。
纏經一嚼案已推。
潛女潛女、
爾雖樂吾自哀。
奈何戲人性命、
累吾口腹。
嗟吾書生海州靑魚亦難喫、
但得朝夕一饘足。

관서악부(關西樂府)

1774

번암(樊巖) 채제공(蔡濟恭) 판서가 평양감사로 내려 갈 때에
서울에 있던 많은 문인들이 시를 지어 배웅하였다.
나는 마침 영릉 참봉으로 봉직하고 있었기에, 돌아오지 못하
였다. 그 뒤 낙랑에서 사자가 올 때마다 글을 보내어 나의 시
를 독촉하였다. 번암은 나의 벗인데, 풍류와 문채가 평양 산
천과 서로 빛낼 만하다. 나 또한 숙념(宿念)이 발동하여, 은
퇴한 늙은 장수가 십년동안 전원에 있다가 홀연 출정의 북소
리와 말소리를 듣고 자기도 모르게 걸어둔 활을 당기며 뛰쳐
나가는 것처럼 공을 위하여 흔쾌히 붓을 들었다.
… 마침내 왕건의 궁사체(宮詞體)를 본따 약그릇을 옆에 놓
고 붓을 놀려 〈관서악부〉를 지으니, 평양감사 사시행락사(四
時行樂詞)라고도 이름할 만하다.
- 신광수의 〈관서악부〉 머리말에서

1.

서경은 항주처럼 아름다운 곳.
태평성대가 사백 년이나 이어졌네.
천하 제일강산에 부귀마저 어울려
풍류 관찰사기 예로부터 노닐었네.

西都佳麗似杭州。　　聖代昇平四百秋。
第一江山兼富貴、　　風流巡使古今游。

6.

긴 숲엔 5월 녹음이 우거지고
십 리 쌍가마엔 말 채찍하는 소리.
영제교 머리에 노란 저고리 삼백 기생이
길 양편에 늘어서서 행차를 맞네.

長林五月綠陰平。　　十里雙轎勸馬聲。
永濟橋頭三百妓、　　黃衫今作兩行迎。

11.

어린 기생은 긴 소리 뽑아 다담상을 아뢰고
은수저 두어 번 가벼이 들었다 놓네.
칠홍빛 놋다리 상을 떠받들고서
예방 비장이 앞서서 맛을 본다네.

曼聲小妓告茶餤。　　銀箸輕輕下二三。
擎退漆紅高足案、　　禮房裨將向前監。

14.

책상 앞머리에서 기생 점고를 하는데
치마를 거머잡고 차례로 절하며 나직히 대답하네.
분양댁¹⁾ 봄날의 밤잔치에
중국 비단으로 새 단장한 몸맵시 모두들 환해라.

書案前頭點妓名。　　　斂裙離次拜低聲。
汾陽宅裏春宵宴、　　　燕錦新裝隊隊明。

15.

처음 부르는 창은 모두 양귀비의 노래.
지금도 마외역²⁾의 한을 슬퍼하는 듯해라.
일반 시조에 장단 가락을 붙인 이는
장안에서 온 가객 이세춘³⁾일세.

■

1) 곽자의(郭子儀)는 당나라 공신인데, 분양왕에 봉해져서 온갖 부귀영
   화를 다 누리고 오래오래 살았다. 이 시에서는 팔자 좋은 채제공을
   뜻한다.
2) 당나라 현종이 안록산의 난 때에 피난가다가, 호위하던 군사들의 요구에
   못 이겨 마외역에서 양귀비를 죽였다.
3) 자는 자원(子元)인데, 《해동가요》에 김수장, 김천택 등과 함께 명창으로
   기록되었다. 이 구절이 시조 창(唱)에 관한 가장 오래된 기록이다.

初唱聞皆說太眞。　　至今如恨馬嵬塵。
一般時調排長短、　　來自長安李世春。

17.

날이 밝자 문묘에 가서 성인께 알현하고[4]
단군 사당 아래에서 배회하였네.
요임금 병진년에 신시(神市)를 연 뒤에[5]
동방의 풍기(風氣)가 이때부터 열렸네.

文廟平明謁聖廻。　　檀君祠下一徘徊。
堯代丙辰神市後、　　東方風氣此時開。

■
4) 목민관이 부임하면 이튿날 향교에 가서 공자 사당에 알현하고, 이어
　　사직단(社稷壇)에 가서 능묘를 보살피되 오직 공손히 해야 한다.-정약
　　용《목민심서》〈부임(赴任)〉
5)《삼국유사》〈고조선(古朝鮮)〉에 의하면, 태백산 신단수 아래에 내려와 신
　　시를 열었던 사람은 환웅(桓雄)이며, 그의 아들 단군이 요임금 즉위 50년
　　이 되던 경인년에 평양성에 도읍하였다고 한다.

23.

소를 탄 평강공주가 대궐문을 나와
칠보단장을 하고 두엽촌으로 찾아왔었지.
금지옥엽이 바보온달에게 시집가기 원했으니
하늘이 정해 준 인연을 그 누가 피하랴.

騎牛公主出宮門。　　七寶粧來荳葉村。
金枝願嫁愚溫達、　　天定人緣莫避婚。

26.

동으로 온 제독[6]이 왜적 물리치고 돌아가니
황폐한 산천이 노을빛을 띠었었지.
평양 한량들이 즐겁게 노닐면서
오늘이 대명(大明) 시대 아님을 알지 못하네.

征東提督破倭歸。　　剩水殘山帶落暉。
平壤遊人行樂處、　　不知今日大明非。

---

6) 동정제독(東征提督) 이여송(李如松)을 가리킨다.

27.

청양관 속에 왜놈 장군 소서비는
피가 인신을 ⁷⁾ 적시고 갑옷까지 스몄다지.
그날 칼자국이 여지껏 기둥에 남았건만
장군⁸⁾은 계선과 함께 돌아가지 않았다지.

靑陽舘裏小西飛。　　　血濺鱗身透鐵衣。
當日劍痕猶着柱、　　　將軍不與桂仙歸。

32.

설렁줄 소리 없어 아전들은 낮잠을 자고
녹사청 일이 없어 와신선 ⁹⁾이 되었구나.
완평대감 ¹⁰⁾ 생사당에 모신 뒤에는

■
7) 갑옷 밑에 바쳐 입는 군복. 비늘처럼 생겼다.
8) 김응서(金應瑞) 장군이 기생 계월향(桂月香)과 짜고서 소서비를 술에 취해 잠들게 한 다음, 그를 죽였다. 소서비는 용맹한 장군이어서, 죽으면서 김응서에게 던진 칼이 기둥에 꽂혔다고 한다. 김응서는 소서비의 머리를 베어가지고 나오다가, 계월향과 함께 달아나다가는 둘 다 왜놈들에게 붙들리게 되어, 할 수 없이 자기 칼로 계월향을 죽이고 혼자 빠져나왔다.
9) 누워서 놀고 먹는 신선이라는 표현으로, 평양감사가 정사를 바르게 하여 아무런 문제가 없다는 뜻이다.
10) 완평대감은 완평부원군 이원익(李元翼, 1547-1634)을 가리키는데, 임

관서 일도에 맑은 바람 이백년일세.

鈴索聲稀吏晝眠。　　綠莎廳事臥神仙。
完平大監生祠後、　　一路淸風二百年。

41.
어젯밤엔 송도에서 장사꾼이 오고
오늘밤엔 중국 사신 따라갔던 역관이 돌아온다네.
남경의 별난 비단과 패물붙이들
교방 아가씨들은 벌써부터 서로 시샘하네.

昨夜松都估客來。　　今宵燕使譯官廻。
南京別錦泥宮錠、　　面面同坊已暗猜。

■
진왜란이 일어나자 이조판서로서 평안도도순찰사를 겸하여 평양을 탈환
하고 백성들을 안정시켰으며, 그 공으로 1602년 호성공신 완평부원군에
봉군되었다. 그가 평양을 떠난 뒤에 백성들이 그 은덕을 고마워하여, 살
아있는 사람의 사당(祠堂)을 세웠다. 이원익이 그 소식을 듣고 허물게 하
였지만, 백성들이 그 뒤에 다시 세웠다고 한다. 우리나라에서 세워진 첫
번째 생사당(生祠堂)이다.

92.

압록강 기슭엔 돌무덤[11]이 쌓이고
정든 임 보내면 해가 지나야 돌아오시네.
수루 차가운 밤에 외로운 나그네 있어
천아성[12] 소리 속에 고향 생각 서글퍼라.

鴨綠江邊石子堆。　　情人送作隔年廻。
只有戍樓寒夜客、　　天鵝聲裏望鄉哀。

107.

황금 많은 곳에는 시름이 없어
백 년 인생을 마음껏 노닌다네.
웃으며 은잔 잡고 아전을 불러
잔치자리에 해우채를 던져준다네.

黃金多處更無愁。　　百歲人生盡意遊。
笑把銀盃呼帖子、　　當筵抛下錦纏頭。

■

11) 우리나라에서 중국으로 사신 가는 일행들이 압록강에 이르면 배웅나왔
　　던 사람들과 서로 작은 돌을 주고받아 돌무덤을 쌓았다고 한다.
12) 군사를 모을 때 부는 나팔 소리.

108.

푸른 실로 꿰맨 삼십만 전[13]으로
정자도 사지 않고 밭도 안 산다네.
돌아오는 날까지 나랏님께 보답하려는 일편단심.
흰 나귀로 돌아오며 채찍 하나 드리울 테지.

靑絲三十萬緡錢。　　不買江亭不買田。
歸日報君心一片、　　白驢東渡但垂鞭。

13) 평양감사의 녹봉을 뜻한다.

관산융마(關山戎馬)

石北
申光洙

과거시험에 급제하거나 벼슬하지도 않았던 사골의 젊은 시인 신광수를 전국적으로 유명하게 만든 시가 바로 한성시(漢城試)에 응시하여 제출했던 과시(科詩) 〈등악양루탄관산융마(登岳陽樓歎關山戎馬)〉이다. "악양루에 올라서 관산융마를 탄식하다"는 뜻인데, 흔히 〈관산융마(關山戎馬)〉라는 약칭으로 불린다.

과체시(科體詩)는 제목 가운데 한 글자를 운으로 삼고, 끝까지 운을 바꾸지 않았다. 신광수는 이 시의 제목 가운데 루(樓)자를 운으로 선택하고, 루(樓)자가 속하는 우(尤) 운목(韻目)에 속하는 운자를 22번 사용하여 22구 44짝의 과시를 지었다. 처음부터 끝까지 같은 운을 사용하였으므로 따로 운자 부호를 표시하지 않고, 연민선생이 강의시간에 음송(吟誦)하셨던 현토(懸吐)를 사용하여 표기하였다. 인명이나 지명 등의 고유명사에는 밑줄을 쳤다.

제목에 보이는 〈등악양루(登岳陽樓)〉가 두보의 시이므로, 신광수는 첫 부분에서 두보의 말투로 눈에 보이는 강산(江山)이 모두 자신의 근심의 대상임을 서술하였고, 뒤에 나오는 소재들도 두보의 다른 시에서 취재(取材)하였다. "신 두보는 남보다 먼저 천하를 근심합니다."라는 구절은 범중엄(范仲淹)의 《악양루기(岳陽樓記)》에서 가져온 표현인데, 역시 두보의 입을 빌려서 신광수가 말한 것이다.

신광수는 과거시험장에 앉아 있던 짧은 시간에 자신이 외우고 있던 두보의 구절들을 많이 사용하여 장편시를 지었지만, 천의무봉(天衣無縫)이라 할 정도로 자연스럽게 한 편의 시를 이루었다. 춘원(春園) 이광수(李光洙)가 청년 시절 평양에 놀러갔다가 평양 기생들이 〈관산융마(關山戎馬)〉 부르는 것을 보고 보경(寶鏡)이라는 본명을 광수라 고쳤다는 설화가 생길 정도로 시창이나 서도소리로 널리 불렸다.

가을 강이 적막해 용과 물고기도 차가운데[1]

시인이 서풍 맞으며 중선루[2]에 올랐네.

매화가 온 나라에 피자 저녁 젓대 소리를 듣고

도죽장 짚고서[3] 늘그막에 흰 갈매기를 따라 걷노라.[4]

오만(烏蠻) 땅에 석양이 비낄 무렵 난간에 기대 한탄하노니

바로 북쪽 땅의 전란 티끌은 어느 날에나 그칠건가.[5]

봄꽃 보고 옛 서울에 눈물 뿌린 후[6]

어느 곳 강산인들 나의 수심이 아니었던가.

갓 늘어진 부들과 가는 버들은[7] 곡강 동산에 둘러 있고

■

1) 두보(杜甫)의 〈추흥 8수(秋興八首) 4〉에 "어룡이 적막해진 가을 강이 차 갑구나.[魚龍寂寞秋江冷]"라고 하였다. 망국의 적막한 모습을 형용한 말이다.

2) 중선(仲宣)은 삼국시대 위(魏)나라 시인 왕찬(王粲)의 자(字)인데, 박식하고 문장이 뛰어나 건안 칠자(建安七子) 가운데 한 사람으로 꼽혔다. 헌제(獻帝) 때 난리를 피해 형주(荊州)의 유표(劉表)에게 15년 동안 몸을 맡기고 있었는데, 이때 시사(時事)를 한탄하고 고향을 그리면서 강릉의 성루(城樓)에 올라가 〈등루부(登樓賦)〉를 읊어 시름을 달래었다. 그뒤부터는 시국을 탄식하는 시인들이 올라가는 누각을 스스로 중선루라고 부르기도 하였다. 『삼국지(三國志)』 권21 〈위서(魏書) 왕찬전(王粲傳)〉

3) 두보(杜甫)의 시 〈도죽장인 증장유후(桃竹杖引贈章留後)〉에 "강심의 반석에서 도죽이 자라는데, 창파에 젖으며 적당히 자랐네.[江心磻石生桃竹, 蒼波噴浸尺度足.]"라고 하여 도죽으로 지팡이 만든 사연을 읊은 시가 있다.

4) 두보(杜甫)의 시 〈거촉(去蜀)〉에 "세상 만사에 이미 늙어 머리가 누래졌으니, 남은 여생은 갈매기나 따르리라.[萬事已黃髮, 殘生隨白鷗.]"라고 하였다.

5) 두보(杜甫)의 〈추흥 8수 4〉에 "바로 북녘 관산엔 징과 북소리 요란하고, 서쪽으로 정벌 가는 거마는 격서가 더디네. 어룡이 적막하고 가을 강물이 서늘하니, 고향에 평소 살던 땅이 못내 그립구나.[直北關山金鼓振, 征西車馬羽書遲. 魚龍寂寞秋江冷, 故國平居有所思.]"라고 하였다.

6) 두보(杜甫)의 시 〈춘망(春望)〉에 "시국을 느껴 꽃을 봐도 눈물을 흩뿌리고, 이별의 한에 새소리 역시 마음을 깜짝 놀래키네.[感時花濺淚, 恨別鳥驚心.]"라고 하였다.

7) 두보의 시 〈애강두(哀江頭)〉에 "강변의 궁전은 수많은 문 닫았는데, 가는

옥 이슬 맞은 맑은 단풍이 기주8)의 땅에 모여 있네.

푸른 도포로 한번 만리 떠나는 배에 올랐더니

하늘같이 넓은 동정호에 가을 물결이 일기 시작하네.9)

가없는 초나라 땅 칠백 리에10)

그 옛날 높은 누대가 호수 위에 떠 있구나.

가을에 나뭇잎 떨어지는11) 소리 들으며

청초호 물가를 끝까지 바라보네.

바람과 안개가 눈에 가득 들어오지 않음이 아니건만

이 내 몸은 불행히도 동남방에 떠도네.12)

중원 여러 곳에 전쟁 북소리 많으니

신 두보는 남보다 먼저 천하를 근심합니다.

푸른 산과 흰 물을 마주하여 과부는 통곡하고13)

■

버들 새 부들은 누굴 위해 푸르른가.〔江頭宮殿鎖千門, 細柳新蒲爲誰綠.〕″
라고 하였다.

8) 두보가 안록산의 난을 피하여 떠돌아다니다가, 말년에 기주에 머물며 많
은 시를 지었다. 〈추흥 8수(秋興八首)〉도 이 시기에 지었다.

9) 굴원(屈原)의 구가(九歌) 중 〈상부인(湘夫人)〉에 "휘날리는 저 가을바람
이여, 동정호에 물결 일고 나뭇잎 떨어지도다.〔嫋嫋兮秋風, 洞庭波兮木葉
下.〕"라고 하였다.
악양루가 동정호(洞庭湖)에 접해 있기 때문에 700리 동정호를 그 경내로 삼
았다고 표현한 말이다. 한유(韓愈)의 〈등악양루(登岳陽樓)〉에 "경내의 호
수 700리, 온갖 절경을 머금었네.〔瀦爲七百里, 呑納各殊狀.〕"라는 구절이
보인다.

11) 두보의 시 〈등고(登高)〉에 "끝없는 나뭇잎 쓸쓸히 떨어지네.〔無邊落木蕭
蕭下〕"라고 하였다.

12) 두보의 시〈영회고적 5수(詠懷古跡五首) 1〉에 "동북 풍진 가에 떠돌아다
니고, 서남 천지간에 떠돌아다니노라.〔支離東北風塵際, 漂泊西南天地間.〕"
라고 하였다.

13) 곤궁한 백성들이 부세의 과중함을 한탄한다는 의미이다. 두보의 시 〈백
제(白帝)〉에 "슬프고 슬픈 과부여! 가렴주구 혹독하니, 가을 들판에서 통

거여목과 포도밭에 호마(胡馬)가 울부짖네.[14]

개원[15] 시절의 꽃과 새들이 수령궁[16]에 갇혀 있어서

강남의 홍두 민요를 눈물 흘리며 듣네.

서쪽 담 아래 오동과 대를 심은 이는 옛 습유(拾遺)건만

초나라 늦가을 다듬이 소리에 백발만 남았네.[17]

쓸쓸하게 외로운 배로 백만(百蠻) 땅에 들어가니

백년 생애를 삼협(三峽)의 배 위에서 지내네.

풍진에 아우들 생각으로 눈물이 마르려 하고

강호의 친척과 벗들은 편지도 보내지 않네.

부평초 같이 천지 떠돌다 이 누대가 높기에

난세에 올라 바라보며 초나라에 갇힌 신세를 슬퍼하네.

서경의 만사가 바둑판과 같으니

북쪽으로 황제 계신 곳 바라보며 평안하신지 궁금하네.

파릉의 봄 술로도 끝내 취하지 않아

비단 주머니에 풍물을 적어 넣을 마음이 없구나.

■

곡하는 소리 그 어느 마을이더냐?[哀哀寡婦誅求盡 慟哭秋原何處村]"라고
하였다. 〈신안리(新安吏)〉에서는 "희부연 저녁 강물 동으로 흐르고, 푸른
산에선 아직도 곡소리 들리네.[白水暮東流, 靑山猶哭聲.]"라고 하였다.

14) 두보의 시 〈우목(寓目)〉에 "마을 어디에나 포도가 무르익고, 가을 산에
거여목이 우거졌네.[一縣葡萄熟 秋山苜蓿多.]"라고 하였다.

15) 당나라 현종(玄宗)이 29년 간(713-741) 사용하였던 연호로, 새로운 시
작을 연다는 뜻이며, 당나라가 가장 전성기를 누렸던 시대이다. 현종이
742년에 연호를 천보(天寶)로 바꿨는데, 이 시기에 안록산의 난이 일어
났으며, 두보가 이 시기에 피난다니며 많은 시를 지었다.

16) 수령(繡嶺)은 중국 섬서성(陝西省)에 있는 지명으로, 당나라의 행궁(行
宮)이 있던 곳이다.

17) 〈추흥 8수 6〉에 "겨울옷 준비하느라 곳곳에서 옷 마름질 서두르니, 백제
성 높은 곳에서 저녁 다듬이소리 바쁘구나.[寒衣處處催刀尺, 白帝城高急暮
砧.]"라고 하였다.

양자강과 한수가 흘러가 만나는 곳이 어디인지
무심하게 소상강은 누대 아래를 흘러 지나가네.
교룡은 물에 있고 호랑이는 산에 있건만
청쇄문 조정 반열에 선 지가 몇 년이나 지났던가.[18]
군산(君山)의 원기가 푸르게 서린 강가에
주렴에 비친 석양이 낚싯배를 채우지 못했네.
초나라 원숭이 울음 소리가 시름을 불러 일으켜
뚫어져라 북두성 가 장안을 바라보네.[19]

登岳陽樓歎關山戎馬

魚龍이 寂寞코 秋江冷하니 人在西風仲宣樓를
梅花萬國에 聽暮笛이요 桃竹殘年에 隨白鷗를
烏蠻落照倚檻恨은 直北兵塵이 何日休오
春花故國濺淚後에 何處江山이 非我愁라냐
新蒲細柳曲江苑이요 玉露靑楓夔子州를
靑袍로 一上萬里船하니 洞庭이 如天코 波始秋를
無邊楚色七百里에 自古高樓가 湖上浮러니라
秋聲徙倚落木天하니 眼力이 初窮靑草洲를

■

18) 〈추흥 8수 6〉에 "지난 날 조회 때 청쇄문에서 몇 번이나 점호를 받았던
가.[幾回靑瑣點朝班.]"라고 하였다. 한나라 때에는 궁궐 문에 청색의 사슬
무늬를 그렸기 때문에 궁궐 문을 청쇄문(靑瑣門)이라고 불렀다.
19) 〈추흥 8수 2〉에 "언제나 북두성 따라 서울을 바라보며, 삼협 원숭이
울음소리에 눈물을 흘렸네.[每依北斗望京華. 聽猿實下三聲淚.]"라고 하
였다.

風煙이 非不滿眼來되 不幸東南에 飄泊游를
中州幾處戰皷多오 臣甫先爲天下憂를
青山白水寡婦哭이요 苜蓿葡萄胡騎啾를
開元花鳥鎖繡嶺한데 泣聽江南紅荳謳를
西垣梧竹은 舊拾遺요 楚戶霜砧에 餘白頭를
蕭蕭孤棹가 犯百蠻하니 晩年生涯三峽舟를
風塵弟妹는 淚欲枯하고 湖海親朋은 書不投를
如萍天地에 此樓高하니 亂代登臨悲楚囚를
西京萬事奕碁場에 北望黃屋平安不아
巴陵春酒가 不成醉하니 錦囊이 無心風物收를
朝宗江漢此何地오 等閒瀟湘이 樓下流를
蛟龍在水코 虎在山하니 青瑣朝班이 年幾周오
君山元氣莽蒼邊에 一簾斜陽이 不滿鉤를
三聲楚猿이 喚愁生하니 眼穿京華倚北斗를

부록

석북 신광수의 생애와 시
原詩題目 찾아보기

石北
申光洙

석북 신광수의 생애와 시

　문학은 시대를 반영하고, 시대는 문학을 창조한다. 시인들은 언제나 그 시대가 요구하는 표현 양식을 가지고 자신이 몸담고 있는 시대를 노래해 왔다. 시는 그 시대를 비추는 가장 선명한 거울이다.

　우리는 시인의 눈을 통해 그의 시대를 밝고 선명하게 들여다본다. 특히 한 시대가 개인의 실존 위에 투사했던 질곡의 그림자가 강하면 강할수록 거기에 각인된 시대의 모습은 더욱 뚜렷하다.

　석북 신광수(申光洙, 1712~1775)는 조선 후기 급격한 변화의 시대를 살다 간 불우한 시인이다.

　지배 이데올로기로서의 명분과 권위를 굳건히 지켜 왔던 성리학은 임병 양난을 거치는 동안 급변하는 시대 현실의 변화 욕구에 직면하여서도 난국을 타개하는 대응 감각을 상실하고 있었다.

　그럼에도 오히려 잇달은 예송(禮訟) 논쟁을 빌미한 남인과 서인의 당쟁은 이전투구의 양상을 연출하여 그나마의 정당성과 명분마저 허물고 말았다.

　이 와중에서 경신대출척 이후 남인은 완전히 몰락했고 서인 정권은 향후 노론(老論) 전제의 기틀을 다지고 있었다. 가뭄과 홍수, 전염병은 끊임없이 민생을 도탄에 몰아넣었다.

캄캄한 시대의 터널을 빠져나오려는 안간힘이 계속되었어도 출구는 어디에도 없었다. 좌절과 무력감만 사회 전반에 걸쳐 팽배해 있었다. 이러한 제반 상황의 전개는 지식 계급 내부의 심각한 반성과 우려를 불러, 다음 영정 시대의 실학의 대두로 이어진다.

신광수의 호는 석북(石北)이니 오악산인(五嶽山人)이라고도 하였다. 자는 성연(聖淵)이요, 본관은 고령(高靈)이다. 숙종 38년 2월 3일, 서울 가회방의 재동에서 태어났고, 향리인 충청도 한산에서 자랐다. 몇 대 이전부터 이미 벼슬과는 담을 쌓은 몰락한 남인의 집안에서 그는 태어났다.

이러한 환경은 평생 가난의 구렁텅이에서 벗어날 수 없도록 그를 괴롭혔다. 어려서부터 뛰어난 글솜씨로 주변을 놀라게 했으면서도, 세상의 인정은 참으로 더뎠다.

서른다섯 나던 해 〈등악양루탄관산융마(登岳陽樓歎關山戎馬)〉로 한성시에 2등으로 급제하고, 네 해 뒤인 1750년 진사에 올랐으나, 문과 급제의 꿈은 좌절되고 말았다.

마흔여섯 이후로는 아예 과거를 포기하고 방랑의 행각으로 실의의 심회를 달래었다. 첫 벼슬이 내린 것은 쉰 나던 해로, 1761년 겨울 영릉참봉이라는 낮은 벼슬에 제수되었다. 쉰세 살에 금부도사가 되었고, 예순에 연천 현감에 부임하였다.

환갑 나던 해 2월 기로과(耆老科)에 장원급제하여 비로소 당상관에 올랐다. 곧 우승지를 제수받아, 바야흐로 벼슬길이 열리는 듯 하였으나, 영월부사를 거쳐 다시 우승지로 올라와서는 얼마 아니 되어 세상을 뜨고 말았다. 나이 예순넷이었다.

석북은 실학의 선구자인 반계 유형원의 외증손이었고, 그밖에 이익·이용휴·이가환, 그리고 정약용과 채제공 등 남인 실학파 문인 학자들과 밀접한 연관을 맺고 있다.

그러나 그는 타고난 시인이었을 뿐 실학에 힘을 쏟은 학자이거나 경세가는 아니었다. 몰락한 양반의 처지로 만년이 되도록 실의와 낙담을 곱씹었던 그는 기행의 최북(崔北)이나 서리 박수희(朴壽喜) 등 위항의 인사들과도 흉금을 터놓고 만날 수 있었다.

문명(文名)은 진작부터 높아 그의 시를 외우며 만나 보기를 원하지 않는 이 없었고, 사방에서 배움을 청하는 발걸음 또한 끊이지 않았다. 그의 행시는 인구에 널리 회자되었고, 특히 〈관산융마〉는 평양 교방의 기생들에게까지 훤전되어 "평양 기생 치고 이를 부르지 못하는 자는 일류가 아니다" 할 정도로 유행을 보았다.

《석북문집》은 모두 16권 8책이다. 이 가운데 10권이 시인데 모두 1,200여 수의 작품이 실려 있다. 시는 시기별로 묶어 각기 이름을 붙였다.

권1부터 권4까지는 서울과 시골에서 벗들과 어울려 주고받은 시들을 주로 실었고, 권2는 관서 지방을 여행할 때 지은 것으로 〈서관록〉이라 하였다. 권5는 여주에서 영릉참봉으로 있을 때 지은 시들로 〈여강록〉으로 묶었고, 제주도에 금부도사로 갔을 때 지은 시는 권6에 〈탐라록〉으로 묶었다. 나머지는 각기 〈북산록〉·〈임장록〉·〈월중록〉과 〈관서악부〉라는 이름으로 묶여져 있다.

석북은 당시 새롭게 대두된 악부시뿐 아니라, 과체시(科體詩)인 행시, 그리고 고체시나 근체시 등 여러 체에 두루 능하였다. 특히 행시에 대해서는 국초 변계량 이래 과체시가 시의 개성이나 시 본래의 뜻은 무시한 채 천편일률 형식과 기교 위주로 흘러 단지 입신양명의 수단으로만 되어 버린 것을 비판하였다.

또 참된 시교(詩敎)란 오로지 인위적 교졸에 힘을 쏟는 것이 아닌, 성정의 올바름을 통해 세교(世交)에 도움이 되고, 천기(天機)·자연의 발로에 말미암아 성률의 조화를 얻은 그러한 시를 의미한다고 보아, 그의 시의식의 일단을 피력하고도 있다. 작시에 있어서는 오로지 두보를 배워 시구마다 두보의 체취가 스며 있고, 이따금 왕유와 맹호연의 사이를 넘나들었다.

그러나 당대 실학풍의 영향으로 대상을 바라보는 눈은 매우 사실적이어서, 특히 묘사에 남다른 재능을 발휘하였다.

그의 시는 음풍농월하는 풍류의 내용보다 사회 현실이나, 역사·산천·풍속·인물 등을 실감 있게 묘사한 것이 많고, 자조하는 체념과 연민의 정조 또한 그의 시에 흔히 발견되는 주제이다. 특히 나그네로 떠돌며 지은 시들에는 재주를 품고도 쓰이지 못하고 질곡의 시대를 가난 속에 살다간 안스런 마음의 자취가 눈에 그릴 듯 선하여 뭉클한 감동을 자아낸다. 여강 시절 사귄 벗 목만중(睦萬中)은 대상을 따라 형상을 그려내어 각기 그 묘를 다하였으면서도 얽매이지 않아 다른 이들이 능히 미칠 수 없는 석북의 시를 극찬하였다.

그의 대표작으로는 흔히 〈등악양루탄관산융마〉와 〈관서악부〉를 꼽는다. 절창으로 이름높은 〈관서악부〉는 평양감사로 부임해가는 채제공에게 준 전별시로 조선 후기 대표적인 악부시로서의 위상을 차지하고 있다.

7언 절구 108수로 이루어진 장편 거작인 이 작품은 웅건하면서도 애절한 정서를 두루 갖춘, 애민·애국의 민족적 자주정신이 절절히 흐르고 있는 작품으로, 평양 기생들뿐 아니라 멀리 중국에까지 알려져, 중국인에게서 우리나라 시의 종장이란 일컬음이 있기까지 하였다. 관서 지방의 풍속과 지리 역사를 평양을 중심으로 춘하추동의 질서에 맞추어 노래한 이 작품은 당시 풍속 세태뿐 아니라, 수많은 인물 군상들의 풍정이 뛰어난 개성적 필치로 묘사되고 있다.

그밖에 〈한벽당십이곡〉과 〈금마별가〉 등은 모두 악부시가로 당대의 평가가 높았던 작품들이다.

〈채신행(採薪行)〉과 같은 작품에서는 가난한 집안의 종이 한겨울에 옷도 제대로 입지 못한 채 땔나무를 하러 가는 참상을 생생하게 묘사하여 계급구조의 모습을 통타하였고, 〈납월구일행 臘月九日行〉·〈제주걸자가 濟州乞者歌〉·〈잠녀가 潛女歌〉 등등의 작품들은 부패하고 타락한 사회상에 대한 곡진한 풍자의 뜻을 담고 있다.

그밖에 그의 작품에는 염체시(艶體詩)도 많다. 마음을 붙일 곳 없이 떠돌던 낙백강호(落魄江湖)의 풍류가 낳은 산물이다. 〈연광정유증패강기 練光亭留贈浿江妓〉나 〈우증양대춘又贈陽臺春〉 등등의 작품들은 애틋하면서도 안타까운 사연 속에 석북의 인간적 체취가 담뿍 담겨 있다.

문학적 능력과 지식 경륜 등을 펼쳐 볼 기회를 늦도록 제대로 가져 보지 못했던 석북의 시는 자련자애(自憐自哀)의 서글픔이 주조를 이룬다. 그러나 한편으로 현실에 대한 날카로운 비판과 풍자, 대상에 대한 사실적 세부적 묘사 등에 있어서도 그는 탁월한 시재를 발휘하였다. 겨울, 방랑의 어느 길목 허름한 객관에서 호롱불을 꺼도 눈빛에 오히려 창이 환하고, 베갯머리 근처에선 차를 끓이느라 김이 솟는 밤을 지새고, 닭 우는 새벽 다시 길을 재촉하는 〈숙미륵당 宿彌勒堂〉에서와 같은 석북의 모습은 안으로 잔잔한 서글픔을 머금었으면서도 유리같이 투명한 그의 내면이 한 폭 깔끔한 수채화로 우리에게 다가온다.

시는 궁한 뒤에 더 좋아진다고 했던가. 아니면 시가 사람을 궁하게 만든다고 했던가. 호사가들의 이런 저런 말이 아니라도, 일생을 두고 따라다녔던 궁곤이 오히려 그를 오늘날까지 기억되는 시인으로 만들게 했을는지 모른다. 재기와 기교만 반짝이고 영혼은 텅 빈 시인들이 많은 오늘에 다시금 읽는 석북의 시는 참으로 많은 생각에 젖게 한다.

— 정민(한양대)

原詩題目 찾아보기

옮긴이 **허경진**은 연세대학교 국어국문학과를 졸업하고,
같은 대학원에서 문학박사 학위를 받았다. 목원대학교 국어교육과 교수와
열상고전연구회 회장을 거쳐, 연세대학교 국문과 교수를 역임했다.
《한국의 한시》 총서 외 주요저서로는 《조선위항문학사》, 《허균 평전》,
《허균 시 연구》, 《대전지역 누정문학연구》,
《성호학파의 좌장 소남 윤동규》 등이 있고,
옮긴 책으로는 《연암 박지원 소설집》, 《매천야록》,
《서유견문》, 《삼국유사》, 《택리지》, 《허난설헌 시집》,
《주해 천자문》, 《정일당 강지덕 시집》 등 다수가 있다.

韓國의 漢詩 15
石北 申光洙 詩選

초   판 1쇄 발행일   1989년 11월 4일
초   판 2쇄 발행일   1993년 6월 7일
개정증보판 1쇄 발행일   2021년 5월 31일

옮 긴 이   허경진
만 든 이   이정옥
만 든 곳   평민사
           서울시 은평구 수색로 340 〈202호〉
           전화 : 02) 375-8571
           팩스 : 02) 375-8573
           http://blog.naver.com/pyung1976
           이메일   pyung1976@naver.com
등록번호   25100-2015-000102호
ISBN   978-89-7115-775-6   04810
           978-89-7115-476-2   (set)
정   가   12,000원